安土城築城異聞

澤井繁男

未知谷

プロローグ

　イタリア政府給費留学生試験の合格通知書を見つめながら、いよいよ旅立つときが来た、と水口《みずぐち》俊雄は感慨深げだ。大学院で修士論文を書き終えたら本格的に留学するつもりでいた。先輩たちもみなそうしてきたので、自分もおなじ経緯をたどることに何ら疑問はなかった。むしろ昨年から、留学期間がこれまでの一年から二年に延びたことが嬉しかった。

　一年間などあっという間に過ぎて行くだろう。たぶん、話すことは多少できるようになっても、聴き取る力はそう簡単には身につかないにちがいない。一方的に喋ったら、相手もその分だけ返して来るはずだ。それをすべて理解して会話をつづけるには、相当な語学力が要るだろう。一年間だとその水準まで果たして到達するかどうか、俊雄には自信がなかった。しかし、二年間となれば何か気持ちにゆとりが生まれて、一年半目くらいで大学の講義にもついて行けるようになっているかもしれない。

むろん、日本でも会話の授業は受けてはいたが、こうした授業で好成績を取る人物は、普段の生活でも、いわゆる「お喋り」なタイプだ、と気づくのにたいして時間はかからなかった。良い意味で、ある程度の出しゃばりと図々しさが、外国語会話力向上にはとても大切なのだ。俊雄はこうした授業に出て、あらためて自分が引っ込み思案であると痛感した。自分をよく話す方だとみなしていたある種の確信が、もろくも崩されていった。言いたいことを喋り出すきっかけすらつかめずに、笑ってごまかしている自分が情けないし、このような笑いが外国人から奇妙に見られていることは、異文化交流・接触の本で読んで知っていた。知識として覚えていたことが実際にわが身に起こると、かなり深刻なおもいに突き落とされる。「日本人の笑い」の薄気味悪さを体験してしまうと、それがまた相乗効果になって無口になってしまう。

それが現地イタリアにつけば、否応なくイタリア語を話さなくてはならないのだから、「笑い」もしぜんと消え去るだろう。ひょっとしてこの予想も甘く、笑っている日がつづくかもしれない。

大学にはいってからも、また大学院の試験の面接の折でも訊かれて、いまもなお昔の友人に会うと問われることは、なぜイタリア語や文学・文化を学ぼうとしたか、だ。人口およそ五千万人前後の国の言語を習得して何になるのか。問う方にしてみると、興味深い質問らしいが、応える側としては、たとえば、あの経済斜陽国の言葉をなぜ？　などという驚きがはいっている場合には、屈辱を受けた気がしたものだ。

これは俊雄の学生時代――いまから数十年も前――の話だ。人口の多寡や経済状態でしか判断できないのか、といった無念さがつきまとった。

「ルネサンス文化」が最初に花開いた場所はイタリアだ、と応えても、故意に無関心を装われた。ああ、そうだ、と対応してくれる人はわずかで、中にはイタリア人自身ですらもうルネサンス文化に関心がない、と言い切る者もいた。オレたちだって、文楽とか浄瑠璃とかに、こころが揺さぶられないのとおなじだよ、とつけたすのを忘れない者もいた。悪趣味な、邪推このうえない、と憤りを覚えたこともある。だからと言って、意固地になることはないのだ。理解してくれる仲間もいたし、俊雄の「動機」も明白だったからだ。

彼は札幌市に生まれて、街が発展していく過程とともに少年時代を送った。市街にはビルが建っていたが、郊外は未開拓の原始林だ。碁盤の目の街は京都市を真似て設計されたという。開拓使長官が、扇状地である石狩平野の価値を認めて蝦夷地の首府を置くこととした。

京都の大学に進んだのも、札幌市との因果関係によるところが多い。新生の街から古都へと時間と空間を一気に飛び越えてやってきた。京都の街を散策し、夏休みに帰省すると、札幌の街を歩いた。三年次の学部選択までには、いつのまにか都市国家の国、イタリアの文化に惹かれていた。卒論には、「〈かたち〉の確かさと都市国家の文学」という、若書きだが、いっぱしのルネサンス文化論を書いた。修士論文では、「ルネサンス文化で戦国時代のキリシタン文化を読み解く」と題して、比較文化論的な要素の濃いものを提出した。今回の留学はあらたなテーマとなったキリシタン文化を、いっそう深く考察するのが目的だ。

もう一つ動機がある。諸説あるうちで最有力な、日本でのルネサンス期と言われる「安土桃山時代」との比較を試みてみたかった。学部時代、一年間、長浜の塾に毎週日曜日に通って、地元の小中学生に英語を教えているうちに、「長浜」がかつては「今浜」と呼ばれ、秀吉が城主となってから「長浜」へと改称されたことを知った。おそらく信長の「長」を付したと考え得る。塾の帰路のローカル電車の停車駅である安土――その安土城にごくしぜんにおもいを馳せた。この奇抜で貴重な城跡にいちどは行ってみる価値がある。その機会は幸か不幸か、留学から帰ってくるまでお預けとなったが、それはそれでよかった。イタリアで先に安土城との出会いがあったからだ。

安土城築城異聞

第一章　信長、光秀、秀吉

1

俊雄は歴史に、日本史も世界史もないと考えている。日本史は、世界史の一部だと発言したら、日本史専攻の教授たちは気分を害するかもしれないが、それなら、「国際化」と叫ぶ意味も失せよう。

日本史を理解するために外国の似た事例を当てはめてわかったような気分でいる人もいるが、そう簡単にはいかないだろう。いくら世界史の一部分だと言っても日本にはやはり独自のものがある。

「似て非なるもの」という便利な表現がある。

一例を挙げてみよう。

「ホトトギス」を素材にした、三人の武将の性格の喩えで、人口に膾炙した文言だ。

——鳴かぬなら殺してしまえ、ホトトギス。

——鳴かぬなら鳴かせてみせよう、ホトトギス。

——鳴かぬなら鳴くまでまとう、ホトトギス。

はじめから、万事につけ徹底していた信長、強引な秀吉、忍耐力のある家康を表わしている。

光秀だと、どうなるだろう。

——鳴かねども殺してしまった、ホトトスギス

くらいか。

この四人の関係は一言では言い表わせないものだが、長浜に塾の講師として通っていたときの遠い記憶にあったのは、児童向けの出版社が刊行していた、『伝記・日本の偉人たち』シリーズでたまたま秀吉の巻を読み了えた際、その最終章の章題が「日本の平和」となって

いたことだ。

天下を平定した人物——と、その伝記本には記されていたのが強く印象に残っている。子供など単純だから、平和、平定に魅せられて、秀吉のファンになった。

長浜行きはある意味で潜在していた希望の達成かもしれない。実のある一年間だった。この経験が伏線となって、キリシタン文化と戦国時代の関係が、修士論文へとかたちとなっていくのだから、きっかけとはわからぬものだ。

俊雄にとって秀吉は善い人物でありつづけた。しかし、その印象が崩されるときがやがてやってくる。簡単なことだ。秀吉が主役のテレビ番組や小説ではそうだが、脇にまわると、べつの人格の秀吉が登場するのだ。

とりわけ、秀吉が準主役である場合、その知名度、政治的地位から、準は準でも、それをこえた描き方をされる場合があって、その折の人物像が千差万別で「日本の平和」の人とおもって来た俊雄はその都度、面食らった。

善く描かれることがないのだ。

あるときは、側室を何人も置き、ついには元主人の妹お市の方の長女、茶々に手を出した好色漢。またあるときは、甥の関白秀次一族を、後年継嗣となる秀頼が誕生するやいなや、秀次自身の酒乱の噂などを口実に、秀次を自刃に追い込み女子供すべてを処刑する無慈悲な男。さらにあるときは、茶の師と仰いだ利休を、理解しかねる理由で切腹に追いやる身勝手な権力者——など、挙げたらきりがない。

その番組の主人公によって、「悪の道」の描かれ方もちがうのだ。「悪」は「悪」でも、一貫性が伝わってこないので理解が遠のいていく。

ところが秀吉が主人公だとがらりと捉え方が変わって、善人で奉公一途、子飼いの部下で、後年の、尾張衆の代表格となる加藤清正や福島正則を可愛がり、近江派の石田三成の才を見抜いて側用人のごとく重用する、武断派と事務方を巧みに使い分ける名君として映像化される。

この相違は何であろうか、と考えるに、それほど一人の人間を捉えて全体像を描出するのが困難だとおもわざるを得ない。

しかしどれにも共通して言えるのは、主人信長に愛されたことだ。草履《ぞうり》取りからはじまる出世街道は痛快で気持ちがはれる。そこでわからなくなるのは信長の人柄だ。

有名な信長の端正な肖像画は、この武将の見識の高さを表現している。細い目に、華奢《きゃしゃ》な上半身からかもし出される洗練された都会的で知的な雰囲気。この人物の歴史上での意義を把握できるまでには秀吉以上に時間がかかった。

頭の中に信長の本性を受け容れる知見がまだなかったのかもしれない。要するに、秀吉のようなあけすけさが見当たらないのだ。秀吉はサル（「はげねずみ」説もある）というあだ名どおりに、何につけ憎めない。本音のところでは不分明だが、明るくて「鈍」を装うのが得手だ。

信長は「鋭」で性急だ。

ここまでは、比較の上でわかる。

問題はこれ以後のこの信長の内面だ。ルネサンス文化の研究とおなじく重要な課題だ。他の人間の性格の分析・分別などは、こちらの精神的成長の度合いに比例するからだ。

これを予備校に二年間通うことではじめて知ることになる。北海道各地から、中学時代に最優秀な生徒が集まる高校を卒《で》て、京都の大学に挑んで「鴨川の水は冷たし」の電報を受け取った。

予備校は東京にした。京都への憧れはドサンコ（北海道生まれの人）には必ずある。でも、近畿圏は遠い。東京に出る生徒が圧倒的だ。

東京にも住んでみたかった。

その予備校は英語の授業がウリだ。二人の名物専任講師がいた。教室はいつも立ち見が出た。六十代と四十代の男性だ。

予備校は授業に面白みがないのなら出席しなければよいので、いつのまにか四十代の講師の授業を避けるようになって、みなに変な目で見られながらも、結局、彼の授業を棄てた。聴いていても、解説がわからなかったからだ。

しかし、おなじ予備校で二年目の浪人生活を送っているうちに、前年敬遠していた四十代の講師の授業がたのしく感ずるようになっていた。説明が理解でき、また自分でも講師の「方法」というメガネをかけて構文分析をやりはじめた。文法や英文解釈がおもしろくて仕方なくなった。

なぜ、こうした事態になったのか。

答えは簡単だ。

その講師の授業の水準まで、俊雄の英語力が一年間で伸びたのだ。

これに気がついたとき、彼なりに新たな発見をした。

こちらが仮に、相手の発言や考えがわからないときには、あくまでその時点での自分の能力でしか測れていないからだ。一般的に優れている人と認められている人物や書籍の見解なり内容なりを理解するには、こちらがその所見や内実を把握できるまでに、知的・精神的に成長していなくてはならない。

自分の視座が低いと、それ以上の人物や書物の中身がつかめず、例えば相手の教え方の下手のせいにしてしまう。こうしたことは自分で見出していくべき試練なのだろう。そうして

「謙虚さ」というものを学ぶのだ。

2

この予備校時代の経験が大学生になって身にしみて実感されるときがくる。第二外国語の力が、その人の英語力に比例する、ということだ。もっともハナから英語を棄てて他言語に挑む場合はべつだが。

英語力が十のうち七の人は、フランス語やドイツ語やイタリア語も七の水準に到達する。英語の力が伸長すればしぜんと他の言語力も向上する。

一見不思議な現象だが、語学力にかぎらず、このような呼応・照応の関係は他にも見られるだろう。一言で表現すれば、「見識」とか「知見」とかいう言葉に該当する。

名伯楽と呼ばれる人士がいるが、「他人の稟質《ひんしつ》を見抜く目」を備えた人物であって、慧眼の持ち主を指す。

こうしたことを一応、身につける機会にめぐまれた俊雄にとっても、信長の人物像はなかなか掌握できかねた。世間で言われている評価は頭ではわかるが、こうだ、という回答が見出せず、歯がゆさだけが残る。

ＮＨＫの大河ドラマで何人もの俳優が信長を演じた。歴史好きなので、毎年、必ず観ている。戦国時代を扱う場合が多く、その折は必ず登場する人物だ。

原作者によって描き方は千差万別だ。歴史的に行なった行為——たとえば、桶狭間の戦い、比叡山の焼き討ち——はおなじでも、みな、作者の解釈がはいった微妙な差異のある信長像で、それが俊雄を悩ませた。

「実像」など、求めるほうが無理なのかもしれない。秀吉ならわりと容易に近づけるのに、信長となると、なぜこうも定まらないのだろうか。光秀も不可解だ。

強烈な個性の武将だとはわかっている。けれども、その「個性」の核がつかめない。

信長、秀吉、家康を表わす喩えとして、もう一種類ある。

信長——うつけもの
秀吉——人たらし
家康——律儀者

さらに光秀を加えると、

——苦労人

となろうか。

3

信長が「うつけもの」という異名で呼ばれたのは、若い頃だ。この「うつけ」とは、当世風の、「ぼんやり、愚か」の意味よりも、むしろ「カブキもの」のほうの系譜を引いている。足利尊氏にしたがった婆娑羅《ばさら》大名の異名を取った佐々木高氏（道誉）がその走りではないか。派手な衣服を着こなし、和歌、連歌、能樂をたしなむ教養人だが、これはおそらく、室町時代尚早期の、頽廃的雰囲気を体現していると見てよいだろう。

信長は室町末期——戦国時代に生まれた。幕府の統制力が全国に行きとどかなくなっていた。京の治安は特に、応仁・文明の乱（一四六七［応仁元］～一四七七［文明九］年）後は乱れていた。

出雲の阿国歌舞伎が四半世紀後に現われようとする頃だ。「歌舞伎」は「傾《かぶ》き」に語源がある。

世の中が「傾き」はじめていた。

信長の鋭敏な感性はこれを先取りしたのではなかったか。

なるほど周囲のまっとうな武将たちの目には奇異に映っただろう。わけても、切腹までして諌めた後見役の平手政秀にとってこの「若様」の感受性や衣装、それに出で立ちにうかがえる大げさな色遣いは理解しかねただろう。それに破れた着物を羽織り、胸をはだけ、蓬髪《ほうはつ》の中から髷《まげ》がかろうじて伸びている――とあっては。

よく言えば、野性児そのものだ。

既成のものに信を置かずに刃向かっていく精神、気概の持ち主。そうなれば、後年の信長像と合致する。

ある事柄を理解するためには、信長という男は理詰めで自分を納得させて行く。

こうして段々と俊雄の中で、信長像が培われていった。

大河ドラマで強烈な若き信長像を見せてくれたのは、役所広司が演じたときだ。たぶん、役所にとっても初期の頃のテレビ出演であったのではないか。

ういういしく野性味にあふれ、かつ、胸の底に荒廃もひめている存在感のある信長。

役所広司が信長役のときのドラマの主人公は家康だ。しかし、主役の俳優がおもい出されない。よほど強固な記憶を役所信長は俊雄の脳裡に刻み込んだのだろう。

他方、信長像には、おなじく大河ドラマでも、べつの俳優の印象が割り込んでくる。信長を主人公にした番組で、緒形直人が信長を演じた。彼は緒形拳の息子だが、父が名優の誉れ高いがため、割を食っている感がある。主演・信長はある意味で抜擢だろう（初期の大河ドラマ『太閤記』で、主役の秀吉に、二十代の後半で無名だった父親の緒方拳が引き抜かれたように）。

主役だから、尾張一国をまず制覇してゆく経緯から時系列にそって丁寧に描かれる。母親の愛情を一身に受けて育った実弟を、仮病をつかって見舞いに来させて殺害する場面。母の偏愛というものが、兄弟間の心理に微妙な影を落とす例の一つだ。

信長とて例外ではない。「うつけ者」の起因は本当のところは母親からの愛情の欠如への反抗にあったかもしれない。

将軍足利義昭のために京に二条城を建てている際、信長は毎日普請場に足を運んで監督に当たる。ある日、人足が小女に茶々を入れたのを目にすると、床几から立ち上がりながら抜刀し、駆け寄ってその人足の首を刎ねた。カメラは放物線を描いて飛んでいく血走る首を追った。一瞬の出来事だ。

厳格と禁欲とがほどよく噛み合わさった信長の性格の一端を示す見事な場面だ。

その前も後にも、何人もの俳優が信長を演じたが、明智光秀との関係をあからさまに示してくれたのは、高橋英樹が信長役のときだ。信長の家臣の配役にも興味深いものがあるが、特に光秀役はもっとも重要だ。なぜなら、いまだに信長暗殺の真の理由が解明されていないからだろう。

この折は近藤正臣だった。高橋が主役向きの俳優としたら、近藤は主役も脇役もこなせる芸達者な俳優だ。

豪快な英樹信長が、控えめながらも叡智に満ちた正臣光秀の髷を掴んで、廊下の欄干に罵詈雑言とともに何度も打ちつける。光秀はじっとこらえる。充血したその目は屈辱感を見事に表現していた。

このときのドラマの原作はたしか、司馬遼太郎の『国盗り物語』だ。司馬の作品は骨格が明快で、それが登場人物の人柄や性格にまで良い意味でおよんでいる。そのおかげで観ている側にははっきりと相互の関係の黒白が伝わってくる。

他の重臣たちの面前で、信長に頭を欄干に打ちつけられる場面が史実としてあったかどうかは問題ではない。こうした設定にすることで、作者は二人の以後の関係を暗示している。

腕力（権力者）と忍耐（家臣）の構図と双方の好悪の情を確実に演出している。これで、多少なりとも光秀が信長を殺害する動機がわかるというものだ。

「権力者はとうぜんやるべき加害行為を決然としてやることで、しかもそのすべてを一気呵成に行なわねばならない」と、かのニッコロ・マキァヴェリが『君主論』の中で述べている。信長はまさにそれに相当する。

比叡山焼き討ちなど、その最たるものだ。

信長はこの仕打ちを乱脈な生活を送るクソ坊主ばかりでなく女、子供に向けてもしたのだから、被《う》け手の方もたまらなかったろう。だが繰り返すが、こうして描いてくれると、視聴者や読者にはわかりやすい。僧侶たちが淪落《りんらく》の淵に沈んでいなかったら起きなかった災難だったかもしれないからだ。信長の道理的かつ合理的な面が理解できよう。

司馬は、「西郷隆盛は壊す名人で、創り上げる達人は大久保利通である」――つまり、「西郷は軍人であり、大久保は政治家なのだ」と明言しているが、これなど、二人の盟友がやがて敵味方で戦う一因を端的に物語っていて妙がある。

4

信長と秀吉の組み合わせよりも、信長と光秀の配役《キャスティング》の方が難しいかもしれない。光秀を主人公にした番組にはこれまで、幸か不幸かお目にかかっていない。見逃しているかもしれないが、あの知将は知将ゆえに、いつも脇役の立場だ。

娘の、後の細川ガラシャには華があるが、父親はそれを欠いている。教養もあり、軍略にも長けているのに、いまひとつぱっとしない。秀吉と比べられてしまう不運もあろう。

たいてい、細やかな神経を表現できる俳優が選ばれる。歌手の五木ひろしが演じたときは、一、二回しか出演の機会はなかったものの、苦み走った表情としぶい演技が光った。演歌では人情や恋、それに泪《なみだ》が主題だが、五木光秀では俗世に非人情な視線を向けられる役柄を演じた。このときは『春日局《かすがのつぼね》』の一部での出演で、徳川家光の乳母である春日局（福）の父親が明智家の筆頭家老の一人である斎藤利三《としみつ》で、江守徹が重厚に演じた。利三は美濃斎藤氏の流れをくむ一族で、光秀とおなじく源氏（土岐《とき》氏）の嫡流だ。姓はおなじでも斎藤道三とは異なる。

そのほか記憶に残っているのは、『太閤記』（主演・秀吉・緒形拳）の際の佐藤慶だ。このきわめて存在感のある個性派俳優が演じた光秀は、主役を食ってしまうほど知略も武力も持ち合わせた侍光秀を浮かび上がらせたものだ。緒方直人の折の光秀はマイケル富岡で、線の細い繊細な光秀像を演じた。演出もよかったのだろう。『徳川家康』の際は、寺田農《みのり》が信長に怨念を秘めた光秀を巧みに演じている。

要するに、信長との組み合わせによって、光秀の存在感が決まるのだ。ある意味で、無個性な個性を演じなくてはならない、むずかしい役どころだ。たとえ、織田家臣の中でいちばんの出世頭、かつ、室町幕府（足利義昭）の家臣でもあり、細川藤孝とおなじく教養にあふれていても、それを抑えての演技がもとめられるのではないか。光秀を主人公にしたドラマが製作されるとしたら、どう表現されるのだろう。俳優は誰を起用するのだろう。

これまでのどのドラマの光秀も、信長を本能寺に襲う理由が明白ではない。役者がそれを表わせないのか、歴史的事実として真実がわかっていないからなのか。それゆえに描きようがないのか。

諸説がある。

信長への怨恨説、朝廷からの指示、その家臣が利三と姻戚関係にある四国の長宗我部の動き、天下取りへの野望等々。これらのうち、いずれが真実か不明だが、いちばん理解しやすいのは、最後の「天下取りへの野望」ではあるまいか。

これは戦国時代の名だたる武将なら誰しも抱いていたはずで、光秀とてその例にはもれないだろう。きわめて単純明快な、クーデターが本能寺の変ということに落ち着く。これをテーマに仕立てたのが、光秀の雅号を表題に据えた中山義秀《ぎしゅう》の傑作『咲庵《しょうあん》』だ。文体も引き締まっていてそれじたい〈武士《もののふ》〉を提示している。

加藤廣作『信長の棺』は、朝廷のある人物が関わっていて、複雑な謎解きの様相を呈しており、武家と公家社会との絡まり、いや狭間で苦渋の決断を迫られる光秀を表現している。推理小説仕立てだが、歴史の中の虚構にこそ、意外と真実が潜んでいるものだ。

本能寺の変では、いくらさがしても、信長の屍は見つからなかった。『信長の棺』ではその理由にまで言いおよんでいるが、どうも腑におちない。しかし仕方ないとおもう。炎の中で自刃した人物の遺骸は焼けて、あとかたもなくなった、と考えてもおかしくないからだ。

それでもその焼死体まで見つけ出そうとした光秀の心底を推しはかるに、不安と恐怖の入り混じった一面が感得できる。

下剋上の世とは言っても、相手が信長だと格別だったにちがいない。

信長は悲劇的な最期を迎えたわけだが、この武将の幼少年期から、桶狭間の戦いまで描いた作品で傑作なのは、坂口安吾の『信長』だ。

漢字と平仮名で書かれた普通の小説だが、読後受ける印象は、全編カタカナ書きのほうがよかったのではないか、というものだ。加速度的、かつ即物的な文体で、野性児としての少年期を描き切っている。サルの枝わたりのような身のこなしを信長少年はやってのける。

その万能な運動能力は愛らしくもあるが、その反面、将来の残虐性も垣間見せてくれる。安吾は最初からヒーローとして描いている。読者が信長を「悲劇の英雄」と知っているからだ。即物的な、ということは、一切の感情移入をしない乾いた目で主人公を見つめているということだ。信長の生き方を体現した筆致なのだ。小説の味わい方として、主人公の性格を文体そのものから読み取れる良い例だ。

信長を知ろうと懸命になって、大河ドラマの信長役の俳優や小説を想起しながら、同時に分析もした。だんだんと自分にとっての信長像が焦点を結びつつある。

二浪目に、四十代の英語講師の英文解釈の深さをはじめて知ったときの感動と、それまでの自分の愚かさがおもい出される。少しは信長の心境や行為を自分なりにたどれるところまで来たわけだ。

ときどき札幌の両親のいずれかから電話がかかってくる。母親のときが多かった。当時、アパートの一室に電話を備えている学生あるいは院生は稀だ。携帯電話などない時代だ。

俊雄は中古の電話の権利を買って線を引いた。覚えやすい番号――下四桁が「四五四五」を選んだが、真夜中にとつぜんかかってくることが頻繁にあった。

前の持ち主が麻雀荘を経営していたようだ。くだけた口調で、〇〇さんでっか？　と話しかけてくる。とうぜん、ちがいます、と応えると、数秒間の沈黙のあと、ガチャンと受話器がおかれる。

雀荘が持ちたがる番号であるのを見抜けなかったおまえがハンカクサイ（北海道の方言で〝間抜け〟の意味）、と母が笑いながら言った。

信長の話をしてみると、すぐに応えが返ってきた。

「『おはなはん』の夫役を演じた高橋幸治が、前の年の大河ドラマで信長を演じたの。素敵だったわ。殺してほしくないという手紙が局に殺到して『本能寺の変』が延びたくらいよ」

「へえー、すごいね、それは、緒形拳が秀吉役に抜擢されたときの番組だね」

「そう、そして、三成役が、石坂浩二」

「よく覚えているね。『おはなはん』の人気は大変だったと聞いているよ。彼女を演じた、樫山《かしやま》文枝はいまだに『おはなはん』のイメージから抜け出せないんでしょう」

「そう。それだけのおバケ番組だったわ。女優さんにとってはよかったのか、その逆か。でも一躍有名になったのは事実よ」

それだけ聞けば充分だ。母はそのときの光秀役（佐藤慶）を失念していた。高橋幸治なら知的で禁欲的、さらに家臣おもいの、非情な信長から離れて理想の主君像を演じたとおもえる。光秀の反逆の主因もあやふやになったかもしれない。

原作は吉川英治のはずだ。

中年の女性を魅了した幸治信長。翌年の『おはなはん』の夫役の、軍服姿が凛々《りり》しい職業軍人の印象がかぶさってくる。日本人は「制服」には弱いから、とどこかで聞きおよんだ文言が蘇る。豪快な英樹信長とは正反対の知性的幸治信長の対比は光秀役（近藤正臣・佐藤慶）にも感化を与えたかもしれない――忍耐光秀と反逆光秀、とに。

秀吉役では、竹中直人が二度演じているが、低音が魅力の直人秀吉はアクが強くて、強壮な秀吉像がにじみ出てくる。『真田丸』では、小日向文世が秀吉を熱演した。自信と不安（脅え）の入りまじった錯綜する心理を演じ切った。異色な秀吉役では、勝新太郎が担ったときで、大御所の風情がみなぎっていた。渡辺謙が伊達政宗役で主演した折だ。

第二章　フロイス

1

一五三二（天文元）年ポルトガルのリスボンに生まれたルイス・フロイスは、長じてインドを経由して日本に訪れ、約三十年余り滞在することになる。

彼が生まれる以前、西欧世界は、後に「大航海時代」と命名される時期に相当している。とりわけ、イベリア半島の、ポルトガルとスペインの冒険家たちが、西方の海、あるいは、アフリカ西海岸に沿って南下し、ついに喜望峰まで到達する（一四八八〔長享二〕年）。

その十年後の九八（明応七）年、喜望峰を回った向こう側に、大きな湖のような大洋――インド洋とインドへ向かう航路が、ヴァスコ・ダ・ガマによって発見される。インドへは主としてポルトガル人がおもむいた。

というのも、一四九四(明応三)年、ポルトガルとスペインの間で、地球を二分割してわが領土とする、身勝手な協約(トルデシリャス条約)が結ばれており、インド方面以東はポルトガル領となったからだ。

スペインの場合は、イタリア人コロンブスに資金援助をした関係で、彼のたどり着いた新大陸方面、つまり南北米の一部と中米すべてが、その領土となった。スペインの荒くれ者たちによってマヤやインカ文明が破壊されたことは記憶に鮮明だろう。

この二国の人たちを突き動かした原動力は、イエズス会が推進する布教活動にある。

実際、インドのゴアに拠点を置いて遠く日本まで足を伸ばした人たちは、カトリック・イエズス会の宣教師たちだ。イエズス会の創設者の一人であるフランシスコ・ザビエルはじめ、多数の青年宣教師が、東インド諸島で布教活動を行なった。イエズス会はローマ教会・教皇の教えに忠実であることを信条としており、当時の教えに鑑みるに、反(対抗)宗教改革をさらに悪化させた反動宗教改革と、後世呼ばれることになる。トレント[トリエント]公会議を牽引したのもイエズス会士たちだ。戦闘的な一面と過酷な修行、それに教育を旨とした。唯一の利点として、この公会議のあとで、これまで庶民にいたるまで不可解だった新旧の宗教のべつが明白となったことだ。

フロイスもやはり布教の意欲に燃え、当時、アジアの首都とも言われていたインドの「黄金のゴア」でザビエルの知遇を得る。

「フロイスよ、ここよりまだ東方に日本《ジパング》という黄金の国があるという。私は、運よく、その国のヤジロウという人物に出会い、日本の言葉を教えてもらってこれから布教の旅に出かけるところだ。そなたも、ここゴアで、ヤジロウにいろいろ日本の事を学び、インドでの布教に成果をあげたのなら、日本にやってくるがよい。日本で再び会える機会を待ち望んでいるぞ」

フロイスはザビエルの声に後光がさしている気がして戦慄を覚えた。

ザビエルとヤジロウとの出会いは、フロイスにとって偶然の中の必然と言ってもよかった。二人は、フロイスと会ってから一年後に日本目指して出帆してしまったからだ。

当時、ポルトガルは、インドのゴア、マレー半島のマラッカ、中国のマカオに交易の拠点を置いていた。同時にローマ教皇から、キリスト教の「布教保護権」を与えられていた。これは所属するイエズス会の布教活動支援の大義名分となった。

簡単に言えば、ポルトガルの海外進出は交易と布教を兼ねた国策で、宣教師の役目も、この国策の一環に沿うものなのだ。彼らは日本の実情を手紙でヨーロッパに、ゴア経由で伝えた。大切な文書ゆえゴアで書き写されて写本として遺されているものもある。

フロイスは、一五四八（天文十七）年十六歳のときにイエズス会に入会し、同年、ゴアへ派遣された。そこで、船出を翌年に控えたザビエルとヤジロウに出会ったのが、その後の人生を決定づけることとなる。彼は優秀な人物で、ゴアで勉学に励み、十三年後の一五六一（永禄四）年、二十九歳で司祭に叙せられる。筆まめで語学の才にめぐまれ、各地の宣教師からの通信整理の作業を任されている。

ザビエルやそのあとにつづいた宣教師たちは、フロイスが会うことになる信長には時代的にまみえることはない。だが、日本（人）についてのたくさんの情報を書き送ってくれていたので、渡航前にそれらはたいへん重宝した。

そのときの知識が信長に拝謁するときの役に立った。信長にとってフロイスが異人として最初に会う人物だった。ザビエル師たちの情報と信長は必ずしも当てはまらなかったが、宗教に対しては、おおかたの日本人の考え方と共通していた。日本人は、万物に創造主が存在していること、世界に始めがあって終わりもあること、霊魂が肉体から離れたのちも永遠に生きつづけること——これらを信じていないという。こうした人々に「神」の存在を説くことは難儀にちがいない。自分が司祭と言えども二の足を踏まざるを得ない。

「二の足を踏む」のではなく、果敢にそうした日本人をキリスト教信仰へと導くのが、自分に課せられた使命なのだ。たじろいではならない。その意味でザビエル師からの書簡や文書に記されていることは、改めて「神」への信仰心を確実なものにしてくれた。

師が布教時にぶつかる異教徒との問答のすべてがキリストの教えの反芻《はんすう》のよすがとなる。ザビエル師が偉いのは、決して民を見下して教説を垂れるのではなく、相手の宗旨に充分耳を傾けて、それを理解したうえで噛んでふくめるようにキリシタンの教えを説いていることだ。

たとえば、人々に日本の諸宗旨を説き、それらを比較検討して、それぞれのちがいをわからせる。そして明白な根拠を示して彼らの説を批判し各宗派の誤謬をただすというわけだ。相手がそれを把握するとその理解力の度合によって師はこう述べておられる。

「三位一体の玄義、世界の創造、ルシフェルの堕落、アダムの罪、デウスの御子の現世へのご出現へと説き進みます。そして、その聖なるご苦難、ご逝去、ご復活、ご昇天、十字架の奥義の力、最後の審判、地獄の懲罰と天国の幸福のことを説明します。

それから、受洗に先立ってデウスの掟である十誡と、これまでの異教の儀式を棄てることを納得させます。また、いかにデウスのお教えを守らねばならぬか、自分たちの罪について悔悛しなくてはならぬことを得心させたあと、最初の洗礼という秘蹟の必要さと、その洗礼の意義をはっきりと説いて、彼らに洗礼を授けるのです。

ここまでくればもう民たちは、自分らが救われるためには、聖書の教えにしたがう以外の方法はないと確実に考えるにいたっていて、それだからこそ洗礼を受けるにおよぶと理解できるというわけです」

　このような確信を抱いてザビエル師の書簡は綴られていた。

　確信と信念、あるのみ！

　フロイスはそうおもったが、この強固な師のおもいはいったいどこから来るものなのか、ふと、疑念にかられた。

2

　この時期、日本の仏教、というより宣教師たちが出会ったのは、禅宗の僧侶が主だ。禅宗を信仰している者は、「みずからの霊魂の救済」や「来世のこと」をいっさい気にかけず、霊魂の不滅に関しても「否定」して、現世での仕合わせや安寧や悦楽のみを求めていた。

　こうした記録を整理しながら、フロイスは他国に布教に出かけるためには、その地の宗旨について、ある程度の知識がないと首尾よく事は進まないだろうとおもった。異教の宗旨を打ちまかして行くのも一つの手であろうが、信じていたものが破られたときの、その敗者の苦しみをおもうと、おなじ宗教人としていたたまれないものを感じる。

禅宗（仏教）ばかりが日本の宗教ではあるまい。

キリスト教がもともとヨーロッパへの侵略宗教であったと同様に、仏教もそうだと耳にしたことがある。

神道が日本古来の宗教だという。でも、宗教と定義して良いかどうかもわからない面がある。神道のカミは、自然界にあるものの創造を助長したり、自然の中に自分の姿を表現したりする。難しい教義や抽象的な言葉をもてあそぶことなく、自然に対して率直に感謝すること、カミの恩恵をこころから受け容れる大切さを説く。農作業に関係していることが多く、たくさんのカミの恵みの下、清潔で潔白な生活を送ることが神道の理想だそうだ。

フロイスは途中で異端の悪臭がぷんぷん漂ってくるのを覚える。「カミ」はカミでも、われわれの「神 *God*」ではない。「神々 *gods*」でもない。何か得体の知れぬ存在——風のようなもの、ではあるまいか。たぶん、儀式らしきものがあるとしたら、カミが「顕われる」ことを祈りはじめ、カミを「送る」ことで終わる、くらいのものではないか。

単純にして素朴。

季節への祭礼が要《かなめ》なのだ。

キリスト教が異教とみなす多神教ともどこか異質な多神教——宗教らしくない宗教。それが神道なのだろうか。

ゴアでフロイスは、ザビエル師とヤジロウが神道の次に、仏教を話題にしているところに居合わせたことがある。

「仏教と神道とがまずちがう点は、仏教が日本古来の宗教ではないということで、これはキリスト教とおなじです。外からはいってきた宗教です」

「なるほど。このインドが発祥の地と聞くが」

ザビエル師が尋ねた。

「はい。それが後漢時代の唐《から》へと流れ、百済をとおって日本へはいってきたというわけでして」

「邪教かの?」

「いいえ、そんなことはございません。かえって、キリスト教より寛大な面がごぜぇやす」

「そうか。例えば」

「デウス様のような存在を認めないからだとおもいますが……」

「では、主はおられぬのか?」

「へい。その代わり、その家の先祖を供養するというのが第一のお勤めになりやす」

「ふむ」

ザビエル師は顎に手をあてがって考え込んだ。

「仏陀は悟りをひらくことで、苦しみを取りのぞく生き方を目指したと仄聞しているが、ちがうのか」

ヤジロウはびっくりして、

「へい、そうでごぜぇやす。それはそうですが、いまはちがっています。ただ、インドの仏教の根本の『涅槃《ねはん》』は悟りを追究する禅宗を介して日本にはよく知られています。あっしも座禅を組んだことがあります。こころが澄みわたって浄化されていきます。瞑想とでもいいましょうか？」

「ほう、そのような修練もあるのだな。なのになぜ、創造主の存在を認めないのか。疑問が残る」

フロイスもおなじ意見だ。

「それは難しい問いでしょう。仏教では死後、仏になることで極楽浄土に行くことが大事とされています。極楽はキリスト教では天国に当たりますが、デウスはおられません。もちろん、仏さまはデウスではありません」

「やはり、異教、というより邪教だとおもわれるが……」

「あっしの説明がまずいのかもしれねえが、邪《よこしま》なものではありません」

ヤジロウは食い下がった。

「ヤジロウは、やはり日本人だな。仏教をあくまで擁護しようとする。それも道理だ」

「師よ、そうしたことじゃありやせん。ただ邪教とはひどいとおもいまして、つい。お気をわるくされたら、お許しくだせえ。それに、みながみな悟りをひらけるわけじゃない。おおくの庶民は、生きているうちに極楽に行けるように念仏というものを唱えていますのじゃ」

「ミサのようなものか」

「いいえ、ミサのような、格式ばったものじゃなくていつでも口に出してよいものです。『阿弥陀仏』という仏様がおられる。それを信仰している民百姓は、南無阿弥陀仏と唱えます。『南無』は『信頼する、帰依する』の意味です」

「便利なものだ。そう唱えるだけでよいとは。原罪などの意識はないようだの」

「そうしたものはありゃしません。善悪や羞恥の感覚はありますが」

フロイスは原罪の自覚がない、という点にいちばん驚いた。罪の意識がない教えとは、いったいどのようなものなのか。

古代ローマの異教の教えにも罪の意識はなく「恥」の感覚があったと聞いている。もしかしたら、日本という国もおなじかもしれない。

西欧の説話の中にも、修道院で村の女を夜伽《よとぎ》の相手としているところを摘発された修道院長が「恥ずかしきことなり」と弁解したという話を記憶している。

本来なら姦淫の罪だから、罪の意識にとらわれなくてはならないはずだ。しかしそうではないようだ。修道院長にしてからこうなのだ。キリスト教の伝播も意外と底が浅いのかもしれない。「極楽浄土」とは「天国」とほぼ同義なのだろうか。さすれば、「地獄」もあるはずだ。「煉獄」はないだろう。「煉獄」はキリスト教でも十二世紀頃に「新設」されたものだからだ。

極楽と地獄の二元論は布教にあたって、天国と地獄の類比で理解しやすいだろう。ただ、「創造主」などは、どのように説明してよいものか。見たこともない国の実情を見きわめるのには苦難がともなうにちがいない。けれどもそれだけにやりがいがある、というものだ。

3

ヤジロウとザビエル師の話は、フロイスにとってたいへんためになった。

師は一五四九（天文十八）年、四十三歳のときに、ヤジロウや、コスメ・デ・トーレス神父、フェルナンデス修道士らと、ゴアを南蛮船に乗って出航した。

フロイスが日本にたどりついたのは、一五六三（永禄六）年（三十一歳）で、一五五二（天文二十一）年に昇天されたザビエル師は、もうおらずヤジロウもどこかに姿をくらましていた。師が布教をはじめてから十四年も経っており、日本の政治情勢にも変化が見られていた。師が、ほんの十日あまりしか滞在できなかった「都」に上って、将軍様に会うことがいちばん布教への近道だとおもう。フロイスは、平戸の南側にある横瀬浦に入港して、先輩格のフェルナンデスから日本語を教えてもらうことになった。語学に堪能なフロイスは日本語の文法書を作ろうと発案してもいる。

探究心が旺盛で構文や動詞の変化表も念頭においた文法書だ。もし完成していたら日本語の普及のみならず、日本の学者にも多大な影響を与えたことだろう。

翌六四（永禄七）年、都行きがきまった。

都では、フロイスより九年早く日本に旅立ったガスパル・ヴィレラが、四年前から孤軍奮闘しているはずだ。自分はヴィレラの都での布教その他の仕事を助けて、早晩、ヴィレラのあとを継いで活躍しなくては、と臍を固めていた。

フロイスたちは、瀬戸内海を船で進んだ。都にはいる前に堺の町を訪れる手筈でいる。堺の町を、「東洋のヴェネツィア」として紹介したのはこのヴィレラ司祭だ。フロイスたちは堺で歓待され、火事で焼け落ちている大坂の街を横目に、無事都にはいった。ゴアでともに机を並べたヴィレラとの再会は、六五（永禄八）年の二月だ。

翌年の正月、ヴィレラとフロイスは年賀のため、第十三代将軍足利義輝公に謁見が許された。ヴィレラは三度目にあたり、フロイスははじめてだ。

二人は、日本人のキリシタンをしたがえ、輿《こし》に乗って堂々と参上した。

フロイスはマントと修道着に身を包んでいる。公方様とは初対面であるがゆえに正装をこころがけた。贈り物としては、水晶の鏡、黒帽子、ジャコウなどを携えた。ヴィレラは、塗金した扇を献上予定だ。司祭たちが宮殿の中にはいって行くと、諸侯たちからの敬意を受けて控え室で待たされた。ヴィレラからはじまって、みな最高のもてなしを受けた。公方様の奥方様やご母堂様からも手厚く遇された。

その公方様が、河内の城主、三好義継と家臣の松永久秀率いる軍勢に室町御所を攻囲されて殺されることになるとはそのとき夢にもおもわなかった。

公方様は、みずからの余命いくばくもないことを覚悟して、自刃するよりも、戦って死ぬほうを選んだ。剣の道に長けていたからかもしれない。押し寄せてくる敵たちに、まず、長刀で立ち向かい、次に、足利家伝来の刀を並べて、一振り、二振りと、相手をした。だが、なにせ、多勢に無勢——敵は公方様の胸に一槍、頭に一矢、顔面に刀傷二つを負わせた。公方様は斃《たお》れられた。

前代未聞のことだ。歴代の将軍——鎌倉、室町、徳川時代——の中でこの義輝公だけが斬り殺された唯一の将軍だ。

下剋上の世の中とはいえ、将軍が殺害されたことは異例中の異例だ。第六代将軍足利義教公の場合は「暗殺」されての死だが、戦わずして寝首を掻かれている〔「嘉吉の変」一四四一〔嘉吉元〕年〕。義輝公の治世は二十年以上つづいたが、かえって、それがわざわいしたかもしれない。

義輝公は宗門には寛大な方で、伴天連でも年賀の伺候が許された。義輝公亡きあと、ヴィレラと二人——仏教に反対する者は、いつひどい目に遭うかわからない。

将軍という庇護者を亡くしたので、堺までもどらなくてはならない。「伴天連の教えは悪魔の教えであり、人肉を平気で食べる輩だ」といった噂《デマ》が立ち出す土地からは、早めに引きあげるにかぎる。フロイスは仲間の宣教師とともに堺に避難した。そこからは船で尼崎まで出かけて、往ったり来たりの生活を送るハメになる。

新たな勢力である信長の軍勢が、三好勢を都からけちらしてやがて堺にもやってきた。その軍勢は五人の指揮官で構成されていてその中の一人に和田惟政がいた。惟政の目には、フロイスのことが、自分の視線に物おじせず話しかけてくる、なんとも言えない魅力の持ち主と映った。惟政はフロイスを都へと連れていって保護しようと考えた。

司祭たちをのせた見事な〈駕籠《かご》〉は、二百五十名のキリシタンと、惟政や部下の高山図書《ずしょ》（ダリオ、高山右近の父）に伴われて京へ帰還することになる。

ヴィレラ在住から十五年目の一五七五（天正三）年、都にはフロイスとイタリア人のオルガンティーノがいた。都入りしたフロイスたちを待っていたのは、南蛮の文物に強烈な好奇心を抱く信長との運命的な出会いだった。フロイスは、一五六九（永禄十二）年から七六（天正四）年まで、畿内での布教長として活躍する。都合七年間に亘るその間、二度にわたって、岐阜城に信長を訪ねる好機を得た。信長も歓待した。

一五八〇（天正八）年、『日本史』執筆のために豊後に移ったあとも、巡察師の通訳として都や安土で信長に謁見している。その回数は十八回におよんだ。二人の関係はそれだけ密なのだ。

伴天連たちが偉かったのは、異教の国への布教には、まずその国の宗旨を知ることを第一としたことだ。彼らは、法華経を学んだ説教師から手ほどきをうけた。漢字の箇所をポルトガル語に訳して注釈をしてもらった。どれくらい理解が深まったかわからないが、とにかく毎日、二時間ずつの勉強会を開いた。

なかなか出来ることではない。

宣教師たちがいかにキリスト教の布教に尽力しようとしていたかがよくうかがえる。

フロイスを都まで帰還させた惟政の次の狙い、というよりも宿願は、この宣教師を信長に引き合わせることだ。

信長はいまだに伴天連を目にしたことがないはずだ。

接見の場へ司祭は贈り物として、非常に大きい「ヨーロッパの鏡」、「美しいクジャクの尾」、「黒いビロード帽子」、「ベンガル産の籐杖」を持参した。これらは日本にはない品だ。他のキリシタンたちも同行した。

フロイスはたどたどしい日本語で、しかし、意味の通じる言葉で、

「フロイスにございます。このたび、ノブナガ様にお目にかかれてたいへんうれしゅうに存じます」

周囲にもはっきりと聞き取れる声で言った。

しかし、信長はじっとその司祭を見つめたままで、一言のねぎらいの言葉もかけない。

惟政が、御前に伺候して、

「上様、何か、お言葉を」

「……実は余は困っている。自分の宗旨を伝えんがために、無謀にも幾千里の波濤をこえ

て来た者に、何という言葉がふさわしいか、わからぬのじゃ」

「上様、御苦労とか、大儀とかの、言葉でよろしかろうか、と」

「いや、あの者は、きちんとした挨拶をしているのだから、それがしとしても、それ相応の、こころのこもった言葉が必要であろうが、どうも、おもいつかん。惟政、きょうのところ、面談はこれまでといたそうぞ」

「上様、もう一度、お考え直してくだされ」

「もし、余が気軽に伴天連と口をきけば、世人は、余がキリシタンになったのか、と怪しむかもしれぬでな。わかってくれ」

潔癖な信長の性格に惟政は畏れ入って、フロイスに、きょうは体調がすぐれないので、このまま挨拶を受け、贈呈品をありがたく頂戴する、みなは用意した食膳の料理を味わってから、帰路につくようにという仰せだ、と伝えた。フロイスは警護の武士の背後に見え隠れする信長を不思議そうに見やった。


惟政がいちばんにがっかりしたことは、信長が一言もフロイスに言葉をかけなかったことだ。これには信長も悪いとおもったのだろう。今度は信長の方から接見の申し出があった。

場所は、建築中の二条城の濠にかかる橋の上だ。

初夏の光の下、二人は相対して橋にじかに腰をおろした。

信長は胡坐を、フロイスは慣れぬ正座だ。

「おいくつになられる?」

甲高い信長の声がまず発せられる。

「三十四歳にござりまする」

「ポルトガルやインドから、幾日でここ日の本に参られたのか」

「ポルトガルからインドのゴアまで、一年の船旅、ゴアに着いたときは十六歳でした。それから修練を積み、三十一歳のとき日本に参りました。ゴアには、ずいぶんと長くいたものだとおもいます」

「そのようだのう。何が、そなたを、そのような気持ちにさせるのか」

「それは、デウス様の教えを広めたいがためにございます。私利私欲に走っているのではありませぬ」

「この国で、その教えは広まるとおもうか」

「ええ、デウス様の教えは広大無辺でありますから、この国の民人たちも受け容れられると信じています」

「もしそうでなかったなら、ポルトガルへ帰国するつもりか」

そこでフロイスは、足のしびれに耐えきれず、手をついてようやっとのおもいで立ちあがり、信長に向かって一礼しながら、

「ノブナガ様、このフロイスは、この国の土に骨をうずめる覚悟で上陸いたしました。もう故国にもどることはないでしょう」

凛《りん》とした口調だ。

「あっぱれなことよ。惟政、坊主どもにも聞かせてやりたいわい」

二人の話を遠巻きにしていた僧侶たちに向かって信長が言い放った。

「この偽善者ども、伴天連殿の言動を少しでもよいから見習うのじゃ。汝らは民衆のみならず、己自身も欺く、不届きな者たちゆえな」

眼差しがすごんでいる。

フロイスが欲しがっていたのは、都での布教を許してくれる允許状《いんきょ》(許可書)だ。これを得るには多額の金銀が必要で、都の貧しいキリシタンたちは惟政の支援で、これまでなんとか許可を得ていた。

惟政は信長に配慮をもとめた。信長はこう応えた。

「本心を言うと、余は金も銀もいらない。伴天連殿たちは異国人であって、仮に余が允許状を与えるために金銀を受けるとすれば、余の品格がおちるというもの。無償で与えよ」

惟政は恐縮した。フロイスもおなじ気持ちのようで、それではあまりにも失礼ゆえ、目覚まし時計を進呈することにした。

ある日、フロイス、目の不自由なロレンソ了斎修道士、それに惟政が、都の信長の館に出向いた。

「上様、本日は、たいへん、お珍しいものをお持ちいたしました。きっと気にいってくださるとおもいます」

ロレンソ修道士が、信長に目覚まし時計を手わたした。

信長は日本語が流暢なロレンソの説明を聞きながら、いつくしむような視線をフロイスに向けた。

「これは精巧なものじゃ。歓んで受け取りたいが、そのあとの動かしかたに難儀するだろうから、せっかくだが、余は、遠慮しておく。それよりも、インドやヨーロッパの話を聞かせてほしいがの」

フロイスは破顔一笑して、

「それではノブナガ様、インドのお話からいたしましょう。インドは暑い国で、昼間、人は仕事をせず、ごろごろと寝そべっております。辛い料理がひときわ美味です。日中のけだるい様子を打ち消すような味です」

「ほう。暑いと人間はそうなるものか。ところでヨーロッパの城はいかなるふうじゃ?」

「分厚い石で造られておりまして、堅固にして長持ちいたします。日本のような小高い丘や山城というものの数はそれほど多くなく、町を城壁で囲んでいて、その中央に教会堂(聖堂)が建っております。堺の町の造りによくにていますが、あの町には教会堂がございません」

「なるほど、ためになる話よ。教会堂とは耶蘇教の建物なのじゃな」

「はい」

一瞬、信長がキリスト教を認めてくれるのではないかとおもった。

「余が岐阜にもどる前に、また参られよ」

信長は上機嫌だ。

4

フロイスがやりたがっていた仏教とキリスト教の討論の日が、信長の肝いりで早晩、実現することとなった。普段から伴天連を憎んでいた禅僧の日乗上人が相手で、貴人や武士や商人など、三百名近くの人たちが集まって、岐阜城下で行われた。

フロイス側は、主に日本語に堪能なロレンソ修道士が論客の役を務めた。

まず、日乗が口火を切った。

「貴殿の教えの眼目、すなわち、要点を述べられよ」

「では、伴天連様がそれがしに話された事柄をまとめてみましょう。われらの主なるデウスこそが万物の創造者であること。最高の創造者であり、その本性は、全知、全能、至高の善であります」

ロレンソが応えた。

「では、その汝が言うデウスなるものの色、あるいは形はいかなるものか」

「創造主は無限のものでありますから、色や形をもちませぬ。色や体を持つものは四大によってつくられたものです」

「四大とは何か」

「それは、主によって造られし被造物、四元素のことで、火、風（空気）、水、土を指します」

「その四元素は造られたものではなく、あらかじめあったものなのではないのか？」

「それはちがいます。私たちは、この世では理性と信仰によって、主を認識することしかできません」

「そうした絵空事を信用できようか。方々、どうでござる」

日乗は、この程度でやめておけばよかったし、ロレンソも、もう話は通じないとみなして引き下がればよかった。しかし、長年、偶像崇拝に慣れて来ている日本の僧侶には、可視的存在としてのデウスなら認めたかもしれなかったが、論戦は、片言日本語のフロイスも加わって混戦となった。

ついに日乗は上気し、

「人間の中にある霊魂をみせよ」とまでせまった。

そして立ちあがり速足でロレンソに近寄って来て、その胸倉を両手でつかんだ日乗を、信長の家来たちが取り押さえた。フロイスもロレンソも元の場所から少しもうごいていない。

チッと舌打ちしてさっさと城に信長が引き上げてから後、日が経つにつれて日乗と宗門の勢力がぶつかるようになった。惟政は、おもい切ってフロイスを信長の許、岐阜城へ陳情に行かせることにした。

ロレンソをともなったフロイスは、最初は湖上を船で、それから日を重ねて街道（後の中山道）を歩き美濃の国に出て、長良川を帆船でわたり、岐阜までおもむいた。西の交通の要所である岐阜に居城を構えた信長の志はすでに、「天下布武」にあった。山頂に城が建つこの要害の地の人口は一万人はいるだろう。バビロンのにぎわいを呈している。

フロイスが着いた旨を信長が知るや、余人には見せ得ぬ歓びようで出迎えた。普通、よほどのことでないと、麓にある館の中に客を招き入れない信長だ。

「さ、伴天連殿、遠路はるばるご足労なことであった。余が案内いたすゆえ、あがられよ」

信長が率先して歩いて行く。

「ヨーロッパやインドの建物とは見劣りするかもしれぬが、そこはご寛恕くだされ」

「いいえ、そうしたことはございませぬ。素晴らしきお屋敷に存じまする」

「この部屋から、ずっと二十あまり部屋がつづいておってな、屏風は絵画と塗金なのじゃ。ロレンソ殿には見えにくくて残念なことよ」

塗金というのは本当だ。他の金属が一片たりとも混ざっていない。

「さて、上に参ろうか。二階は女どもの部屋じゃよ。女ほど、口うるさい者はおらぬから、贅《ぜい》をつくしてこしらえた。満足しているようじゃが、もっと欲がふかくなっていくとおもうや、気が重くなる」

信長は故意にからだをぶるぶるとふるわせた。フロイスはこの峻厳な武士のべつの一面を垣間見て、かえって気持ちがなごんだ。

「当屋敷は四階建てでな、ここに茶室を設けておる。伴天連殿は『茶』をどうおもわれるか？」

「よくはわかりませぬが、あの独特の静かで神秘的な雰囲気に、煮立つ湯の音がなんともいえませせぬ。神に祈りを捧げているときのような気分になりますする」

本心だ。

「ノブナガ様、茶というのは、喫《の》み慣れた御人には味が良いばかりでなく、健康増進にも役に立ちます。その所作に用いられるすべての品は、日本の宝物であって、われわれヨーロッパの人間が指輪、宝石、首飾り、真珠、ルビー、ダイヤモンドを所有しているようなものです。それらの器や価値に詳しく、売買のときに仲介役となる宝石商をわたしは存じています」

「ほう、伴天連殿は『茶』に詳しいと見受ける。ご一服いかがか」

「たいへん光栄なことです。御殿を拝見させていただいたあとにでも」

「そうか、そうか。案内《あない》をつづけようぞ」

そう言いながら部屋を通り抜けてゆくたびに、家来たちが畏れをなしてさあっと姿を消した。

信長は一頭の獅子のごとき存在のようだ。

館の見物を終えると、フロイスたちは山上の城へと向かった。途中の堡塁には、若者がつめている。城に登ると、最初の三つの広間には百名を越す若年の侍たちがいた。彼らの多くは、各地の大名や貴人たちの息子で見習いとして信長に仕えている。

それから先は誰もはいれない場所だが、信長は、

「ささ、フロイス殿、ロレンソ殿、中へ」と招き入れた。廊下からは、美濃と尾張（濃尾）平野が展望できた。

「伴天連殿、先般論争の的となった、火、風、水、土――四元素についてもうすこし詳しく教えてくださらぬか？　万物を形作っているということじゃが」

「では、このロレンソがお応えいたしましょう」

「水というのは、あの水ではなく、液体をさします。風は、空気というより気体全般です。土は固体です」

「では『火』はなにに相当するか？　余はそれが不思議でたまらぬ」

「ノブナガ様、火は、人間が熾《おこ》すものですから、文化です。燃やす力がありますので、活力をあらわします」

「『活力』とな？」

「はい。四大の中でも特殊な働きをします」

「そうじゃのう。人間が熾さぬと……。なかなか奥が深い。そなたたちの教えは……伴天連殿はこの日の本にも四大と似た考えがあるのをご存知か？」

「いいえ、存じません」

「そうか五大、五元素と申してな、地、水、火、風、空――を指しておる」

「『空』が加わるわけですか」

「そうじゃ、土地柄によっていろいろあって面白いの」

「まさに。初耳です……」とフロイスは応えながらも、故国にも第五元素という存在があるが、それをあえて述べなかった。そこまで口にすると必ず講釈が必要になって、公がかえって混乱すると見込んでの配慮だ。それにこの五つの元素の発案者は古代ギリシアの二人の偉大な哲学者であって、もともと異教の産物なのだ。さきほど「火」について質問されたが、東洋の五元素も「火」を含んでいるのに……公は試されたのか。

そのときとつぜん信長公が立ち上がって、席を立ち、廊下へと出て行った。フロイスとロレンソは顔を見合わせた。自分たちが尊大なことでも口にしていたら、ひとたまりもない。

しばらくすると、信長みずからが膳を運んで来た。

「きょうは、突然のお越しゆえ、食事の用意をしていなかった。それで、たいしたものではないが、食べていってくだされ。ロレンソ殿には次男が運んでまいるゆえに」

「ノブナガ様、お気をおつかいなさいますな。われわれは、このご立派なお城を拝見できただけでも、仕合わせに存じております」

「ま、よいではないか。余は本日、とても気分がよいでな。きょうの天気のような気持ちじゃ」

「ノブナガ様、一つお願いがござりまする。先日の日乗殿との論議でもおわかりのように、仏法者にはわれらが教えは通じませぬ。それで、こちらの教えの流布の妨害はせぬようにと彼らにお命じいただきたいのです。今日、参上した訳はその陳情があってこそでございまする」

「……うむ。あの論戦は泥仕合だったの。余は呆然と眺めて退座したものよ。僧侶のみぐるしかったことよ。あいわかった。何とか手を打とう」

「このうえない歓びです。参上した甲斐がありました」

「さ、汁ものが冷めてしまう。召し上がってくだされ」

ロレンソにもすでに膳が運ばれてきていた。

「はは」

二人は、川魚を焼いた膳に箸をつけた。肉がやわらかくて美味だ。

信長は二人が食するのを、興味深げに見入っていた。

「伴天連殿は、手づかみの方が、手際よさそうにおもえるが」

「はい、本国では手づかみにて食しておりました。インドでもおなじでした」

「ノブナガ様、食事の方法とは、なかなかなおりにくいものでございます。箸の使い方もむずかしく、このロレンソ、教えるのをあきらめました」

「そうじゃのう。自分がいちばんうまいとおもう食べ方で、食するのがよいの」

この文言は信長の性格をよく表わしている。機能面を重んずる傾向があって、そこにくだくだした理屈は不要なのだ。

これが戦術となると合理的となり、きわめて精緻な作戦を立てる。そのときの顔は精悍そのもので刃物のような切れ味が漂い、近寄りがたい。その表情がいま、信長の一端に顕われてはすっと消えた。彼自身、自覚の上で打ち消したとおもえる。

フロイスとロレンソが信長に歓待された、という噂はすぐに岐阜城下に広まった。

「また、遠慮のう来てくだされ」

信長から言葉を賜って、帰路についた二人を民は暖かい眼差しで見送った。

「ロレンソ、おもい切って来て、よかったものよ」

「ほんに、そうでござりまする」

「あれほどのお歓びようとは」

「しかし、あのお方は気分屋のところも見受けられましたし、家臣たちに畏れられている面も肌で感じました」

ロレンソが釘をさした。

「ヨーロッパの絶対君主のような方かな」

「絶対君主?」

「そうだ。一見愛想がいいが、小難しい面をおもちの王様のことを指す」

「だれも逆らえないのですね」

「そう。善い政治をしてくだされればよいが、その反対だと……苛政となる」

「ノブナガ様はいずれでしょう?」

「さて、まだ天下を取っておられぬのでわからぬが、統制のとれた国造りをなさるとおもうが」

「ご性格からして、このロレンソも、そうおもいます」

「それより、早く天下をお取りになって、われわれキリシタンの良きお味方になっていただきたい」

「そうでございますな」

岐阜の城下町を二人はこんな会話をしながら悠然と歩いた。

町中に信長の覇が行き届いている。

二人は、来たときとは逆の道をたどって都にもどった。

一週間もかからない旅だったが、キリシタンたちへ与えた影響は大きかった。

みな、安堵したようだ。

——信長様がついていてくださる——この合言葉がみなの心底にしみ込んだのだろう。

その後、フロイスは豊後の国に行く前にも岐阜を訪れている。そのときは、おなじくイエズス会士でイタリア人のコロンブスという司祭をともなった。

以後、フロイスの代わりに、このコロンブスが信長の話し相手となる。

第三章　ローマ

1

いよいよイタリア留学の日がやって来た。俊雄は、円形を街のたたずまいに残しているボローニャを留学先に選んだ。世界最古といわれるボローニャ大学があり、そこが法学専門の大学で、そのため世界最初の司法解剖が行われたことも興味を惹いた。

北海道育ちの俊雄は、湖をたくさん見て育って来たが、琵琶湖ほどの大きさはない代わりに、展望台に立つと一望の下に見下ろせる醍醐味が道内の湖にはあった。摩周湖はその最たるものだろう。あの透明度にまさる湖にはお目にかかったことがない。

飛行機は、悩んだ末、南回りにした。アリタリア航空をつかう手配をした。関空から十二時間でミラノまでいけるような時代ではなかった。のんびりとした退屈な空の旅なのだ。

ローマのレオナルド・ダ・ヴィンチ空港に着陸するものの、その日のうちにボローニャにはいれる便がない。ローマで一泊しなくてはならない。

テルミニ（ローマ駅）内の〈インフォーメイション〉で、きちんとホテルを尋ねて地図を片手に歩くことになるのだろう。大都市なので自信が持てない。それでも、と臍を固めた。

出発の日、七月の陽光がきびしい。九月からの開講にそなえ、早めに出かけて語学講習を受けておくつもりだ。何が待ち受けているかもわからず、下宿先を探す必要もあって気がせいた。

落ち着いて何事にも対応できなくては何にもならない。不安だけが突き上げてくる。まず、ローマまで飛行機が無事とぶかどうか。仲間に相談すると、南回りよりも北回りがよい。それも、ソ連〈当時〉のアエロフロートがよい、と言われた。ただし、安全やサーヴィスは二の次だ、と。天井から水滴が落ちてくるときもあるし、愛想のないサーヴィスばかりだという。でもいちばん安くて最も早い。

安全と時間の問題で、まよったあげくアリタリアに決めた。

スチュワーデスは日本人二人と他はイタリア人だ。乗客はイタリア人と日本人が多かったが、インド人も多数のっている。香港が第一の目的地だが、機体が無事地面に降りると、どこからともなく拍手がわいた。イタリア人がはしゃいでいる。お国柄とはよく言ったものだ。

俊雄は反対に不安にかられた。

イタリア人パイロットの操縦技術の未熟さを、先刻の拍手は示しているのではないか。ローマまで飛行する技能を持っていないのではないか、とも。


ローマには約三十分おくれで到着した。異国の風が吹いている。夕刻だが緯度が高いので空はまだ昼間の明るさだ。税関も、日本人はほぼ顔パスだ。ポマードの匂いが漂っている。香水のにおいもまざっている。日本の飛行場では信じられない異臭だ。

円をリラにかえて、荷物の出てくるのを待つ。

ベルト・コンベアーで回ってくる荷物は、次々と客に取られていく。けれども、待てどくらせど、俊雄のは出てこない。ついに最後の荷物が日本人らしい人によって取られた。その女性は、一人たたずむ俊雄に声をかけてきた。

「お荷物、ないのですか?」

「……はい。出てこないのです」

「はじめての旅ですか?」

「ええ」と応えて、その女《ひと》の顔を見た。

赤いリボンのついた麦わら帽子をかぶっている。顔をのぞきこむようにしたので、その女は上気して、一、二歩しりぞいた。

「すみません。水口俊雄といいます。荷物――どうやらやられたみたいです」

「久世朋子《くぜともこ》と申します」

「久世さん……」

「最初の方にかぎって、どうしてこうした出来事がおこるのかしら。私のときもそうでした」

「はあ。それでどうなさいました?」

「ご案内します。アリタリアのカウンターにまず届けなくては。意外といんちきくさいんですがね」

朋子のあとをついてゆく。イタリアの国の会社だから、手前にカウンターがある。人だかりだ。他の会社はそうでもないが、アリタリアは異常だ。

「ほらね。こんなに苦情が来ている。たいていが荷物の出てこない人たちなんですよ。イタリア人は、こうした作業がおそろしく苦手な国民のようです。この人たちの文句の言い方を聞いてごらんなさい。みな、怒っているでしょう。どんなときでもこうなるのです」

一群のひとたちのパワーに圧倒された。

「どれくらい、かかりますか」

「さあ？　でもとにかく申告しなくてはどうにもこうにもありませんから」

「久世さんのご都合はいいのですか？」

「ええ、ご心配なく。じき、従兄《あに》が車で迎えに来てくれますから。たぶん、水口さんも、今夜は従兄のアパートで雑魚寝覚悟を、ね」

そう簡単に荷物が出てこないことを暗示しているようだ。

なんてこった。よりによって着いたその日に事件に出くわすなんて。それにしてもこの女性にめぐりあったことは天の恵みだ。年齢も、そんなに変わらないのではないか。雰囲気から、絵か彫刻、あるいは音楽関係にたずさわっている人かもしれない。イタリアに行く人はむしろ、その方面の人のほうが多いのだから。

イタリア人だけではないとおもうが、他の国の人もまじると列など出来ない。受け応えするだけで精一杯だ。怒り散らして帰って行く人が増えてきていて、そのうち俊雄と朋子の二人だけになった。

朋子が俊雄を指さしイタリア語で、この方の荷物が出てこないのですが……と説明している。わかりやすいゆっくりとしたイタリア語だ。

「マンマ・ミア」

係りの男性が掌を上に向けて肩をすぼめた。英語だと、オー・マイ・ゴッド、というところか。このやりとりで、外国に来たことをはじめて実感した。相手は「コンピューター」と言い放っている。唾が飛んで来る。荷物はみなコンピューターに登録されているから、いずれローマに届くと言っているのだろう。それがいつごろになるかを、朋子は問うている。聞き手は困惑している。ここが日本とのちがいだろう。日本ならすぐに回答が出て来るはずだ。現に朋子は、俊雄の荷物の半分のカードを見せて説明しているのに……。要領を得ないもどかしさ。朋子のイタリア語があやしい、というなら話はべつだが、誤りひとつない。

朋子に、

「結局、どうなるのですか?」

「ま、このままだと今日中に出てくる気配はないようです」

「コンピューターと叫んでいましたけど」

「口先だけです。わたしも、前にひどい目に遭っていますから。幸い、従兄が突っ込んで話してくれたので、なんとかなりましたけど。要するに、イタリア人は安直なのです。いま、私はこうして時間をつないでおいて、従兄が来るのをまっているのです。早くこないかなあ! 従兄はイタリアが長いですから、イタリア人の気質を良く知っているのです」

「そうですか。ほっとしました」

そこへ、サングラスをかけた背の高い男が現われた。

2

「朋ちゃん」

「あらっ、正人従兄《まさとにい》さん。ちょうどよかった」

朋子は手短に事のいきさつを説明した。

「この方が、その……」

「水口俊雄です」

「運が悪かったね、はじめての旅で。何を言ってもむださ。出て来たら連絡ください、と言い置いて待機するのみですね。今日は、ぼくのアパートにいらっしゃい。こころ細いでしょう」

「はい、こんなことになろうとは、おもってもいませんでしたから」

「無理もない、無理もない」

そう言うと正人は、俊雄を上から下までじろりと見て、

「留学生?」

「はい」

「どこの都市《まち》で？」

「ボローニャです」

「それは渋い街を選んだね。本気で勉強するつもりなんだ」

からかわれている気がしないでもなかったが、この際、言うことを聞くしか術はなかった。

三人は駐車場に向かった。車は二ドアーの小型車で、ブリキのおもちゃのようだ。イタリア車に抱いていたイメージがくずれた。

俊雄が後部座席に、朋子が助手席に乗って扉が勢いよく閉まると、ぐいん、とからだごとひっぱるように発車した。ゴーカートに乗っている感じだ。車はスピードを上げた。天井に頭がくっつくくらいの背丈の正人の運転は、恐怖感を呼び起こす。

「それで、荷物の中には何がはいっていたの？」

朋子が訊いた。

「たいしたものじゃないです。衣服だとか辞書だとか……」

「パスポートは、手荷物にね」

「もちろん」

「なら安心。写真は？」

「二枚あります」

「それなら大丈夫ね。私はフィレンツェまでなのよ」

「フィレンツェですか？　憧れの都市ですよ。そこで、何を？」

「修復士の学校に通っているの」

「修復士？　って、何ですか？」

「あら、やっぱり、意外と知られていないのね。地震や何かでくずれた壁画を直す仕事よ。日本でも発掘のとき、そういう人たちが活躍しているわ」

「あっ、あの人たち。それは、神経を使う大変な仕事ですね。イタリアにはそうした専門の学校までがきちんとあるのですね」

「そうね。見つけたときは感動したもの。日本には、東京郊外に支部の専門学校があるの。でも、こちらは国立の大学よ。考え方がずいぶんとちがうでしょう。まいってしまった」

「本当に、そうですね」

芸術作品を大切にするお国柄が朋子の話にはふくまれている。朋子もおもしろい職業につきたがっているものだ。

車はやがてテヴェレ川をわたって路地にはいった。そこいらじゅう車が駐車している。みな小型車で石壁の家にくっついているようだ。

正人は、駐車場を持っているようで地下にもぐっていく。がらがらだ。

「さ、着いた。部屋はこの上だ」と告げて朋子の荷物を抱えて歩き始めた。俊雄はただあとをついていくしかない。エレベーターらしきものの前にきた。ブリキで造られた玩具にも似た箱の扉がひらいた。まさに〈籠《かご》〉だ。

ゆれながら鋭角的な音を立てつつ動き出した。石の家にあとから取りつけると、こうした仕組みにならざるをえないのだろうか。コンクリートと一見似ている石の文化だが、似て非なるものだ。新旧が混然としている。降りたすぐ前の壁に聖母子像の絵がかかっている。はっとおもった。カトリックの国に来たのだ。

正人の部屋は部屋数が二間《ま》で、バスとトイレ付だ。あってなきがごとしの流しがついている。ここで自炊しているのだろう。

「朋ちゃんが来ると、流しのあたりがぴかぴかになるから不思議だ」

「勝手なことばかり言って」

「自炊はどうもうまくいかない。苦手なんだよ」

奥の部屋にベッドが三つ並んでいる。

「三つあるんですね」

「ああ、わりと、水口さんのような人がいてね」

「それで……」

「でも、三つにしてから、余計にそういう人と出会うようになった。ベッドが呼びよせているんだな」

「すみません」

「従兄《にい》さん、言い方が失礼よ。ごめんなさいね」

「いいえ、そういうものですよ。ところでここは何階でしたっけ?」

「四階です」

「そうですか」

窓辺に近づいてみた。木製の内扉があってそれをあけると、上下に動くガラス窓がある。古めかしい造りだ。覗いてみると、ずいぶんと高いところに位置している。あのポンコツエレベーターは充分に仕事をしたことになる。内扉がついているのは、強烈な陽光をさえぎるためだろう。そのせいか部屋の中は暗い。なのに正人は電気をつける気がないようだ。

「ぼくは、こちらの端のベッドでいいのですね」

「ああ、いいよ。水口さん、お腹へってきたかい?」

「はい、だいぶ」

「もうじき七時を過ぎるから、下のトラットリーア（「レストラン」に次ぐ、いわゆる、一般向けの食堂）で食べよう。イタリア人は八時過ぎにやってくるよ。どうも、われわれ日本人は八時まで待っていられないようなんだ」

3

次の日、俊雄は世話になった礼を言ってボローニャに向かおうとして、

「久世さん、フィレンツェまで一緒にいきましょう。特急でいくつもりなんでしょう」

「なら、座席指定がその日のうちに予約できないのだから、もう一泊する必要があるわ」

「あっ、そうでした」

これはイタリアの鉄道規則で日本にないものだ。特急券の座席指定が即日に発券できず、翌日の分しかとれないのだ。

どのガイド・ブックにも理由まで記されていない。

「久世さん、どうしてですか」

「わたしにもわからないの。ローマで一日つぶしてほしい。外貨獲得の問題かな? とおもったりした。けどたいした額にはならない。……それからわたしのことを下の名前で呼ん

でほしいの。いい？」

「ええ。じゃ、ぼくも俊雄……と」

「了解」

二人は微笑んだ。

「さっきの話、荷物を盗ませるチャンスを与えるためかな？」

「それはないでしょう」

「それにしても、荷物の連絡は来るでしょうか？」

「それよね。問題なのは」

「ぼくがチケットを買いに行っているあいだに連絡が来たらことだし」

「それは心配ないわ」

「チケットと座席指定は、駅まで行かずにこのアパートをすぐ出たところに、その種のお店があるから、わたしが二人分まとめて買って来てあげる。駅に出かけたら半日つぶれてしまう」

「水口さん、朋子の言うとおりだ。荷物のことを第一に考えてここで連絡を待っているほうがいい」

事はそれできまった。

「今日はオレも一日家にいるから、一方的に喋りまくるイタリア人の電話に慣れたほうがいい。こっちのことを意に介さずまくしたてる」

「わかりました。またお二人にご迷惑をおかけします」

「昼はオレの手料理だぜ。……いやそれより、ローマ見物に行ってもいいのじゃないかな。車で行こう」

「それはうれしいですけど、いいんですか」

「気にしない。オレたちにも遠慮はないだろう」

「ええ、恋人同士みたいです」

「よく言われるんだ。ま、仲の良いことはよいことだ。どこに行きたい？　名所はたくさんあるぜ」

「おもえば、私もローマの街をあまり知らないわ」

「そうだな、いつも中継点だからな。じゃ、チケット、買って来いよ。それから出発だ」

「正人さん、映画『ローマの休日』で有名になったスペイン広場に行ってみたいです。そこからあるいて泉めぐりをしてみたい」

「ああ、いいよ。観光客であふれかえっているがね。その中をくぐりぬけて、パンテオン（古代ギリシア・ローマの諸神を祭った神殿）まで行ければ半日つぶれる。そして、ヴァティカン宮殿まで足をのばしてみよう」

「そうする？　たのしみだわ。じゃ、わたし、買いに行ってくる」

そう言うと、朋子は階段を下りて行った。

「どうだい俊雄さん、朋子は気の良いやつだろう。あの少年のようなところが、オレは気にいっていてお薦めだとおもっている。おてんばだけど、どうだい、ひとつ考えてみてくれないか？」

はじめ、何を言われているのかわからなかったが、これはある意味で「おしつけ」だと気づいた。

「いや、それは……。ぼくもイタリアに来たばかりですし。荷物もなし、宿も決まらずの身ですから」

「そうだった。ゆるしてくれ。でも、感じの悪い娘《こ》ではないだろう」

「はい、それは。ぼくになんかもったいないですよ」

「ならいいんだ。小さい頃から一緒に育ってきたようなものだから、つい心配になってしまう」

「そうですか。お二人は仲が良いのですね」

「おかげさまでね。それにオレは大学で建築学を学んでいるので、修復士を目指しているあいつのことが気になるんだよ」

「建築って？」

「建築学といっても分野は広くてね、オレのは昔の城郭関係がメインだ」

「……日本の城も、ですか？　例えば、安土城とか」

「お、いいせん行ってるな。安土城に興味ある？」

ここで長浜での塾の講師の話をした。

「そうだったのか。奇縁だね」

「ええ。どこかでつながりそうですね」

「ああ、そうなればうれしい。まず、博士論文を仕上げることが先決なんだがね」

「頑張ってください」

「ちょっと道草にすぎたと反省中だよ。あと二年のうちには完成のつもりだ」

4

「スペイン広場はいつも若者でいっぱいなんだ。露出度の高い服を着た連中がたむろしている。そのなかで日本人は生真面目に映るね」

「そうなのよ、正人従兄さんも眉をひそめてしまう感じなのよ」

実際そのとおりだ。世界各国から集まって来た若者が、「集う」という目的のために集合している感じだ。主義も主張もない集団に見える。それでよいのかもしれない。そこはイタリアらしさを顕わしているのだろう。

スペイン広場近辺の有料駐車場に車を停めてから、くねくねした道をあるいて、パッと視界が開けた。

トレヴィの泉だ。

ここもにぎわっているが、スペイン広場とはべつの騒がしさだ。老若男女みな表情が明るく、後ろ向きになってコインを投げては、きゃあきゃあはしゃいでいる。

俊雄もコインを投げてみた。そしてなぜかうれしがっている。

水が透き通っていて美しい。

しかし、観光用の馬車から流れてくる馬の臭いがたまらない。先を急ごうとうながした。

三人はパンテオンにたどりついた。丸く射貫かれた土の外を石がおおっている。

「俊雄君、これはお墓なんだ。もちろん、死体は見えないがね。中にはいってみようか」

正人と朋子のあとについて薄暗闇の円形の建物の中へと進む。

地面が傾斜している。中央の天井に穴があいていて陽射しを感じる。祭壇もある。墓である証拠なのだろう。

「ものの本によるとね、土の上から石灰を塗ってあの天井の穴から土をかき出した、とも言われている。作り方は古代人の叡智そのもので、オレらには謎だ」

「わからないですね、本当に」

「この地面の傾斜は、あの穴から落ちてくる雨が斜めにひろがっていくためなんだ」

「それは理解できます。理屈でわかる箇所とそうでない箇所が混然となっているのが、古代文明の精華かもしれませんね」

パンテオンの付近のピッツェリーアで昼食を摂ることにする。直径三十センチの皿にのってピザが運ばれて来た。度肝をぬかれた。

チーズがそれほど好きでないため、日本ではほとんど口にしないが、本場のチーズの味はちがっていた。とろけるような、とよく形容されるが、その言葉通りなのだ。べたつくのでもなく、トマトの酸味と合わさってこのうえない満足感を与えてくれる。ほくほくとしておいしい。

「俊雄さん、そろそろ荷物のことで連絡がはいっているかもしれないわね」

「あっ、そうですね。早く、帰らなくては」

「オレもそうおもっていた。ヴァティカンはまたの日にして、食べ終えたらスペイン広場にもどって帰ろう」

「はい、そうしてもいいですか」

「もちろんよ。チケットは買ったんだし、あとは荷物だけだわ」

「ありがとうございます」

「お礼なんか。……あたりまえのことをしただけよ」

「いや、これまで何人もの人たちを助けてあげているんでしょうね」

「まんざらでもないな。ほめてもらっても、おかしくはない」

「従兄さんったら。すぐうぬぼれるんだから」

「いいじゃないですか。少しくらい」

「ほら、みろ」

「俊雄さんまでも。いやあねぇ」

「ところで、あすは何時の特急?」

「九時よ」

「定時に出発すればいいけどな」

「そうね」

「やはり、おくれるんですか」

「この国の人たちの時間に対する意識がどういうものか。動けばいいとおもっているけど、それはそれで結構だけど、定刻に、とは考えてもいないのよ。だいぶ良くはなって来ているんだけどね」

「苦労させられたよ、まったく」

正人がしみじみと述懐した。

正人がそう言うのなら本当なのだろう。

帰宅すると、俊雄のサムソナイトが扉の前に届いていた。鍵がこじあけられている。

「ひどいなあ」

「中身を確認したのよ、きっと。いやな国でしょう」

「これじゃ、鍵がこわされているのとおんなじだ」

「ま、でも紐で結わえてあったから、中身が飛び出していなくてよかったわね」

「二人とも、これで旅立てるな」

「はい」

「ひとまず安心ね」

「さてと、これでたった二日だったが、おわかれだ。朋子とは、フィレンツェまで一緒だけど」

「朋子さん、よろしく頼みます」

「まかしといて」

「明日は九時の発車なら、ここを、八時半に出れば間に合うかな」

「そうですか。ここは、駅からたいぶ距離がありそうですけど」

「ここがイタリアだ、ということを忘れずに。以前など、出発しそうなのであわててとび乗ったら、予定の列車の前の列車だったこともあるのよ」

「特急で、ですか?」

「そう、あてにならないの」

「……でも心配だな」

朋子が正人に目配せした。

「わかるよ、俊雄君の気持ち。では、あすは八時に家を出よう」

「わっ、ありがとうございます。ぼくも身を以て体験したいので」

翌朝、晴天下、三人は、九時より三十分前に駅に着いた。人はまだまばらだ。改札に駅員がいないのにはびっくりした。これならだれでもはいれて切符のあるなしなど関係なしだ。それに、いやに細長い長方形のチケットは何を意味しているのか。折ってしまうには固すぎるしもったいない。

どの列車かまだわからない。時刻板にも掲示されていないし、だいたい特急らしい豪華な車両は見当たらない。

「な、駅構内はまだねむっているだろう。これがイタリアなんだよ」

「まいりました」

「これが改善されないかぎり、この国の未来はないな」

「それでも、つぶれない面白い国ですね」

「ああ、そうなんだ。実に不可解だよ」

「従兄さんはね、毎回、おなじ論を吹っ掛けるのよ。おかしくて」

「そうでしたか」

「でも、そうおもうだろ」

「ええ。嘘はつけませんからね」

やがて、時刻掲示板が回転し出して、ミラノ行き特急の表示が点った。しかし、入線番号が表われない。

向こうからそれらしき列車がゆっくり近づいてくる。

「あっ、あれだね、きっと」

「待って、荷物をころがして動くのはわりとつかれるの。きちんと見定めてからよ。ナポリ方面行きかもしれないわ」

「……」

ローマのテルミニ駅は広大だ。プラットフォームもたくさんある。端から端までの往来もひと苦労だろう。

やがて、構内放送が流れた。

「俊雄さん、いまやってくるわ。七番線よ」

何を報じていたのかわからなかったが、耳慣れしている朋子の言葉はたしかだろう。それにしては時刻掲示板の表示箇所は回転しなかった。

来訪者に不親切すぎるぞ！　期せずして憤った。正人と朋子は、さもありなん、という表情をしている。そしてこれでも改善されたほうなのよ、と言ってすまし顔だ。朋子が二人の客車番号の車両の扉を手で開けて、よいしょと声をかけて乗り込んだ。俊雄がつづいた。自動扉ではなかったのだ。

第四章　ボローニャ

1

眠っていた俊雄に、じゃ、降りるわよ、と声かけして朋子はフィレンツェで下車した。

「それじゃ」と応えるのがやっとだった。

あと一時間でボローニャに着く。これからアペニン山脈をこえるのだ。

ボローニャの駅は、どうやら円形の端の部分に位置するようだ。

〈インフォーメイション〉でさっそくホテル案内を訊くことにする。観光都市ではないので並んでいる人もすくなくてすんなり行った。
二、三日ホテル住まいをしながら、下宿先をさがすつもりだ。
ホテルは、チェントロ（中心街）にした。そこまでタクシーを利用した。イタリアでは、黄色のタクシーが公認車両だ。乗車したら、必ず運転手がメーターを倒すのを確認すること——どのガイド・ブックにも書かれている。

運転手は、若くて陽気な人柄に見えた。

いろいろ話しかけてくる。

「イオ・ソノ・ジャポネーセ（ぼくは日本人です）」

この応えにいちばんおどろいていた。中国人だとおもったという。われわれには区別がつかないと言うので、日本人でもわからないと返答した。運転手は小型車を自在に操り、円形の街の中心部めがけて走っていく。見事な腕前だ。

やがて、「アルベルゴ・ボローニャ（旅館ボローニャ）」に着いた。少々多目にわたして、「テンガ（取っておいてください）」と生意気にも言って車を降りた。荷物も一緒だ。ずっと膝に抱え込んではなさなかった。

イタリア語ではホテルのことを〈アルベルゴ〉という。無論ホテルでも通じる。どちらかと言うと、アルベルゴは〈旅籠《はたご》〉という感じだ。旅館を想像してもらえればよい。ホテルより古風さが増す。俊雄は意図してアルベルゴにした。せっかくイタリアに来たのだから。

建物は石造りだ。鉄筋コンクリート造りのホテルの日本とちがう点だ。建物に歴史を感じる。むろん、古都京都の町家風の造りの宿もいいけれど、アルベルゴにも独特の味わいがある。サムソナイトを押しながら中にはいって行く。薄暗い。日本ではフロントにあたるコーナーに女の人がたたずんでいる。

「ブオン・ジョールノ（こんにちは）」

俊雄から声をかけて、〈インフォーメイション〉からの紹介の旨を告げた。下宿が見つかるまで世話になりたい、と言ってシャワー付きのシングルを求めた。

女主人は、空いていると応えて値段を告げた。手頃だったので承諾した。必要な物を預けて鍵を受け取った。

二〇五号室。

女性が手をさしのべたほうに階段が見える。いつのまにか額にうっすらと汗がにじみ出ている。重たいサムソナイトを引っ張ってあるき出す。

階段には絨毯が敷かれている。緩やかな傾斜だ。それでも踊り場で一息ついた。

部屋はこじんまりしている。ベッドが一つ片寄せてあって、そこに小窓がついている。あとは、椅子とテーブルがあってそんなにわるくはない。バスタブがないシャワーの浴室。となりにトイレ。

サムソナイトを開けた。いびつな並びになっている。

シャワーをあびたくなる。ついでに下着の洗濯もしておこう。すわってからだを洗わないのは信じ難いのだが、とにかく旅の垢《あか》をおとすことにする。水から湯になるまで時間がかかったが気持ちよかった。洗濯もして部屋にもどった。

なぜか、溜息がもれる。

朋子のことがおもい出される。

きちんとフィレンツェで見送れなかったことが残念だ。あんなに親切にしてくれたのに。でも住所と電話番号はきちんと訊いておいた。

シャワーですっきりすると無性に外を歩いてみたくなった。

午後の陽射しが、南国の街を歩いているようだ。ただし、日本のような湿気がないので、軽い風に吹かれてここちよい。

チェントロは人だかりだ。

地図を置き忘れて来た。雑誌を並べている店で買い求めることにする。ベンチに腰を下ろす。するとそこが、ピアッツァ・マッジョーレ（大広場）で、目の前の教会が聖ペトロニオ大聖堂だとわかる。チェントロのうちのチェントロにいるわけだ。円形の広場でなく、長方形の広場であることが珍しい。

鳩が群れている。

大聖堂は挑んでくるような感じではなく、静かなたたずまいだ。人間で言うと恰幅がよく、肩のしっかりした造りにおもえる。広場の裏側が、交通の要所かもしれない。。

ふと立ちあがって大聖堂の前階段に足をかけた。玄関を探そうとしたが、どこが入口かわからない。それで中央の扉を押してみた。

開いた!

扉は音も立てずに俊雄ごと、中に導きいれた。うす暗く、蠟燭の独特な芳香にみちている。観光客など、誰一人としていない。祈りの場なのだ。蠟燭は風にゆらぐことなく燃えている。すべてが森閑としている。正面の祭壇は地味で質素だ。この街がいぶし銀と称えられているように、祭壇もそれに見合っている。椅子に腰を落とし机に肘をついて、握り拳をつくり机に据えた。留学の無事を祈った。

2

大聖堂を出て街を散策してみる。

普通のイタリアの街並だ。ローマほど大きくはないが、交通量などは充分くらべるに値する。

ボローニャには、ポルティコと呼ばれるアーケード〈外回廊〉がある。雪が降る証拠だ。それが独特の風情を醸し出している。車道も舗装していないので、車は弾みながら走る。そのせいか、石の道路は光り輝いている。ゴムに磨かれていつのまにか輝きをましたのだろう。陽光が油のように流れている。

俊雄は、*BAR*（バール。立ち飲みの一種の喫茶店。すわって軽食も食べられる）にはいった。

「コーラを」

渇きをいやしてくれる。店主に適当な不動産屋を尋ねた。気前よく教えてくれた。

「そこなら、日本人もよく利用している。おたく、日本人でしょう」

「ええ」

礼を言って、そのアッティさんという不動産屋まで向かう。歩いて五分とかからなかった。あいにく鍵がかかっていたが、ノックをしてみると、鍵を開ける音がして招き入れられた。中は光の加減で何も見えない。眼がなれてくると、ズボン吊り姿の巨漢が突っ立ってこちらを注意深くうかがっている。

「日本人か。どれくらいの予定だ？」

とうとつな問いかけだ。戸惑った。

「……ドゥエ・アンニ（二年）」

「ドゥエ・アンニ？」

主人は目を丸くした。これまでみな一年ばかりだったようだ。

「いくらまで出せる？」

「相場みたいなものはありますか」

「二年なら、すこし高くなるが、環境はよくなる」

「場所は？」

「ボローニャ大学の近くだ」

「いま、空いていますか」

すると、主人は受話器をあげて、ダイヤルをまわした。

「……ヴァ・ベーネ（かしこまりました）」と応じている。

受話器をおくと、人指し指を外に向ける。

「見に行くんですか」

「そうだ。先方は亡き伯爵の未亡人であられるので、挨拶、言葉遣いに留意してほしい」

と、説明してジャケットを羽織った。

二年間の滞在だと告げたときから、アッティさんの肚は決まっていたのかもしれない。

「アッローラ・アンディアーモ（さあ、行こう）」

胸をはってアッティさんのあとにつづいた。

外は陽が傾き出している。風も涼しくなって来ている。探しに出たその日に、「運」にめぐまれたようだ。

幾本もの路地を通った。すると、にわかに大きな門構えの屋敷の前に出た。どこかの著名な美術館にも似ている。

呼び鈴を押した。すると女の人の声がした。とおもうと鍵がカチャと開いた。

「エントイリアーモ（はいろうか）」

まっすぐな道が一直線にのびている。両側は庭園だ。たいそうなお屋敷だ。

先を行くアッティさんに、

「カンミナ・レンタメンテ」

歩度を緩めてくれるよう頼んだ。

アッティさんは大笑いしながら、これからお目にかかる方には礼をつくすように、と再び決めつける口調で言った。

命令調に聞こえ、顔がこわばった。

いったいどんな人に会うのだろう。時代が時代なら、といった感じの人だろうか。

前庭の中央の道を百メートルくらい歩いた。豪華な玄関の扉の前にたどりつく。アッティさんがまたベルを押した。扉が引かれて黒い空間が二人を包んだ。

「ボゥオナ・セーラ、シィニョーラ」

「ボゥオナ・セーラ、アッティ」

二人は握手をかわした。夫人の方に貫禄がある。

「ミ・キャーモ・トシオ・ミズグチ」

「ソーノ・ルイーザ・ベッサリア」

夫人は上から下までさらっと一瞥して微笑んだ。第一印象はよかったみたいだ。

部屋の中に案内された。イタリアの上流階層の家そのものという印象だ。ヴィスコンティ監督の映画に出てくるような調度品、壁には絵画が飾られている。

ふんわりしたソファに身が沈む。

交渉がさっそくはじまった。

聞きとれない。どの部屋を月いくらできちんと二年間かしてくれるかどうか、アッティさんに期待をかけるしかない。夫人は脚を組んで煙管を吸いはじめた。中年の女性の色気が漂う。ぞくぞくする。

アッティさんがしきりに、

「ベニッシモ」と応えている。

同意しているようにおもわれる。とにかく部屋を見に行こうということになったらしい。促されて立ちあがった。次の間から階段があって、それを昇りはじめる。ゆったりした設《しつら》えの階段を三人はゆっくりと上がった。

3

廊下の端にのぼりつく。両側に扉がならんでいる。日本式の下宿屋とおなじだ。向かい側には五つの扉、こちら側にも五つの扉。亡夫からの遺産を基に間貸しをしてくらしているにちがいない。夫人は一つ目の部屋の扉を開けた。目にはいって来たのはキリストの磔刑像だ。ローマで目にした聖母子画、これで二度目だ。ここはまさしくイタリアなのだ。二間だ。贅沢で高くつくだろう。それに、シャワーとトイレはあったが、自炊用の流しがない。それを問うと、

「ペンシオーネ・コンプレータ（賄い付きですよ）」

アッティさんが応えた。朝と夜の二食ですがね、とつけたすことを忘れない。

「うまい、という評判ですよ」

夫人はその間、となりの部屋に進んで、そこが寝室兼書斎であることを誇らしげに見せた。実際、誇るに足る部屋だ。学習机も置かれている。

「コメ？（どういう感じですか？）」

「モルト・ベーネ（とても気に入りました）」

「ア・デチーゾ？（決めましたか？）」と、アッティさん。

「アスペッタ（待ってください）」。

家賃やその他の条件を尋ねてみた。うまく話せた。

「エ・プロップリオ・コジ（そのとおりです）」

俊雄の問いかけが当たっていた。これで決まりだ。

アッティさんも夫人も頷いて、いま、全部屋が空いているから、窓の位置など考えて好きな部屋にしてください、日本人は大歓迎です、といった内容のことを喋った。

それで俊雄は一人で、残りの部屋を見てまわることになった。大歓迎の日本人はとうぜん、お金持ちにちがいないとおもわれているはずだからだ。

各部屋は窓の向きがちがうだけで造りはみなおなじだ。やはり東向きの部屋に決めた。朝が明るいのがなによりだからだ。

ベッドの上に大の字になってみる。

シャンデリアがついている。二間ともにだ。豪華な気分にひたる。裕福な国の学生が集まって来るのだろうか。その人たちとは、イタリア語でしか話し合えない。英語も通じない国の学生もいよう。


三番の部屋に決めて階下へ降りた。二人は世間話をしているようだ。

「トシオ、アイ・デチーゾ？」

決まったか、と二人称で聞いてくる。先方の態度が先刻よりくだけている証拠だ。

「シィー（はい）」と応える。そしてアッティさんが俊雄に耳打ちした。小声で速いので聞き取れなく、「コメ（何ですか）？」と訊き返すと、彼はきわめてをゆっくりとささやいた。

それははじめて耳にするイタリア語だったが、アッティさんの目線がマダムを指しているので、直観的にわかった。月に二回、伽《とぎ》をしてあげてほしい、というものだ。俊雄の理解では、「逆伽」で、それにつき合ってくれれば、部屋代を安くするという肚らしい。俊雄はまだ異性を知らない。関心がないと言ったら嘘になるが、はじめての相手が熟女というのも……。でも、得難い経験だ。そうした内容の映画を観たこともある。手ほどきを受けるのに如くはない。相手はもう子供を産める年齢をとうに過ぎている。おそらくこれからここに下宿先を決める学生たちもおなじ道をたどることになるのだろう。夫人には亡き伯爵からの遺産があって本当は生活には困っていないのにちがいない。

俊雄は、ベニッシモ（とてもよくわかりました）、と応えていた。

アッティさんもおなじ言葉を発した。

「モルト・ベーネ（大変、結構なことです）」

夫人から言葉が返ってきて、立ちあがり握手を求めて来た。

それから日本人は六人目だ、みな礼儀作法がすばらしいし、金払いもよく、大歓迎だ、と相好をくずした。みな「逆伽」をしていたのだろうか。

何が起こるかわからない国、イタリア。女好きの男の国だと思っていたのに、女が男を、それも下宿人を相手に選ぶとは。男にとっては外で買うより安全確実で、それに下宿代を安くしてもらう分、女主人にしても秘密は守れ得るという塩梅か。

二日目の夜、ベッサリア夫人がやって来た。高価そうなネグリジェを身にまとっている。

俊雄にシャワーヲ浴びるよう促し、自分はベッドにあがって胸の半分をはだけた。言われた通りシャワーに浴し下半身をタオルで巻いたが勃起していて腰を後ろに引いて夫人の横に坐った。

「イオ、ペル・ラ・プリマ・ヴォルタ（ぼく、はじめてです）」

「カピート、ノン・チェ・プロブレーマ（いいのよ、気にしないから）」

すると、夫人が俊雄のタオルを剥ぎとり、自分もネグリジェを脱いだ。あとのことを俊雄はよく覚えていない。これから月に二度のお勤めがつづくのかと思うと、糸が絡まったような気分に陥ったものの、まんざらでもない心持だ。

第五章　信長公謁見録

1

　九月からはじまったボローニャ大学の講義では、必修の科目をのぞいてあとは、都市（国家）論、異文化接触論、比較文化論などを受講予定だ。日本を発つ前から決めていたことだ。付属図書館を利用して、新たな文献をさがしあてて〈発見〉もしたかった。そのためには、都市国家イタリアの中で重視されている〈ルネサンスの都市国家〉についてのゼミに登録するのがいちばんの近道だ。

　日本でもその名を知られているアンドロ・サルヴァトーレ教授のゼミにした。ゼミは週に一回で、それぞれのテーマをイタリア語で発表して、仲間たちと討論し合う形式だ。ゼミ生は十名だ。院生や学部生もまじっての活発なゼミだ。

当初、みなのイタリア語が聞き取れなかった。特に肝腎要の教授のイタリア語が、くぐもった声だったのでこれには閉口した。日本人は俊雄一人で、他の外国人といえばポーランド人がいる。彼に訊いても、わからない、という応えが返って来た。

俊雄が発表する順番に来たとき、故郷の札幌の街の話をした。

好評だった。とりわけ壮年のサルヴァトーレ教授が好意を示してくれて、

「トシオ、それが、君がイタリアに来た理由かね」とまで評価してくれた。

「トシオのモチーフはそこにあったのか？　みなさん、イタリアの都市について発表するばかりでなくともいいのですよ。トシオのように、自分と関わり合いのある都市にかんして話してくれてもいいのです。このゼミはその点、自由ですから」

みながざわめき立った。

イタリアに縛られなくともよい、ということだ。札幌のことを発表した理由は簡単だ。イタリアの都市論が未整理だったからだ。

理想国家とユートピアとはちがう。理想国家は実現可能だが、ユートピアは実現不可能だ。ユートピアは「どこにもない場所」の意味で、もとより実現できない。

「みなさん、トシオが話したこと、わかりましたか？」

サルヴァトーレ先生が改めて問うた。

「ここは、都市の講座ですけど、みながみな、ルネサンス期の都市を研究しているわけではないので、いまのトシオの発表がよかったのは、トシオの臍の緒と発表内容がつながっていたからです。つまり問題意識が鮮明なことにあります。自分の生まれ故郷を素材に据えての発表には強烈にこちらの胸をうつものがありますからね」

いま自分がほめられているのだ。歓ぶべきことだ。イタリアの都市の研究も自分の臍の緒とつながっていなくてはならないことになる。浮いた研究では意味をなさないのだ。そのためにはどうしたらよいか。自分の関心のあるものと、イタリアの何かとの兼ね合いを比較研究すればよいのか。

これは容易なことではないが自信はある。長浜に通っていた頃に考えていた安土城はじめ、宣教師や信長のことだ。あの頃のことならば、身近に近寄せて考えられそうだ。

フロイスのことを調べていた時期がなつかしい。フロイスは、信長に岐阜城まで二回会いに行っている。その後は友人のイタリア人宣教師コロンブスにその役をかわってもらって、自分は豊後の国に去った。話の順序としては、それからコロンブスと信長の接触が開始され、安土に城が出来あがる。安土城が完成するまでに、コロンブスがなんらかの「想念や理念」の類を信長に吹き込んだのではないか。そうでないとあの奇抜な城を造れるはずがない。

コロンブスの代表作は『理想都市国家』だ。彼の名をいまに留めている名作だ。滞日中に書いたものとされている。話の内容はとうぜん、信長に伝わっていたことだろう。あいにくこの本は未読だ。怠慢と言える。研究者のはしくれとして恥じなくてはなるまい。邦訳が出ていなかったことが最大の要因だが、それは甘えにすぎない。

図書館でかりて読もう。

「コロンブス」で検索してゆくと、『理想都市国家』のみならず、『信長公謁見録』、『光秀公謁見録』など、興味深い書物が見つかった。イタリア人が関心を抱かなかった書物にちがいない。

わくわくする。そしてなぜ関心を持たなかったのだろう、とおもう。おそらくどこの国の研究者も、あの新大陸発見者のコロンブスと勘違いしているのではないか。名前はおなじだが、こちらの姓はマヌティウス、著名なほうはクリストファーだ。

書庫の中にはいってみる。すぐ目の前に階段がある。〈*TRE PIANI*〉と表示が出ていて、出入り口が三階にあることがわかる。ちなみに三階をめぐってみると近現代の書籍ばかりだ。階が下に行くほど時代をさかのぼっていくのか。ルネサンスは二階くらいだろうか。渦巻式の階段をゆっくりと降りて地下一階に出る。目にはいってくるのは中世と近世の書だ。この階のどこかにある。検索番号を確認しつつ、番号の一致する書棚をさがす。四列目の棚にコロンブスの書が立てかけてあった。

まず、肝腎要の『理想都市国家』を手に取ってみる。

二十頁もない。表紙はうすっぺらい。しかもフランス綴じ本で、誰かがすでにナイフを入れた跡がある。やはり日本で書いて帰国後印刷したものだろう。

こうして知見を広めるにつけ、日本とイタリアの当時の関係の研究がいかにおくれているかがわかる。

文章はラテン語ではなくイタリア語だ。珍しい例だ。当時の共通語、特に文語文はラテン語が主流だ。俗語（ラテン語の地域ごとの方言で、フランス語、イタリア語、スペイン語、ポルトガル語等に相当する）の書物、例えばダンテの『神曲』、ボッカッチョの『デカメロン』は例外として、残りはニュートンの著作にいたるまでラテン語が通常だ。コロンブスにはダンテやボッカッチョの革新的気組みがあったのかもしれない。

書架にもどして隣の本を引き抜いてみる。フランス綴じ本で、これまで誰も読んでいないようだ。表表紙に『信長公謁見録』とある。あっ、とピンとくる。とたんに古書の異臭に包まれる。たまらなく懐かしい。こちらのほうを先に読むべきだろう。

コロンブスのこの本の内容がそのまま、安土城築城の理念につながるとしたら、一大発見になる。だが、これはあくまでフロイスのあとを引き受けたコロンブスなる人物に俊雄が勝手に抱いた期待にすぎないかもしれない。

下宿に帰ってゆっくり頁を繰って行く。

椅子に腰を落としナイフで慎重に裂きはじめる。一頁目に当時の書物らしく「献呈先名」が記されている。これから翻訳をしてゆくに当たって、まず二、三回素読して難しい、つまり現代の日本人には把握しがたい箇所には訳註を挿入することにした。訳稿はもとより学会誌向けのものだが、所属する日本史実学会でも、研究する対象や時代が異なれば不明部分が必ず出てくるので、訳註を付すことは学会員全員の心掛けといってよい（拙訳文中では＊で示している）。

『信長公謁見録』　本書を織田信長公に献ずる。

マヌティウス・コロンブス

本書は、ノブナガ公との数十回におよんだ謁見の記録を書きとどめたものである。場所は岐阜城にてだ。そもそも私は同輩の宣教師であるフロイスの薦めで公に謁見することになり、公もこれを快く受け容れてくださった。謁見が数十回にいたったのは、ノブナガ公から尋ねられた「城」について関心がふかまったからだ。私も、都から転居して来て、岐阜城下に寓居を構えて話をすすめた。話の中心となったのは西暦一五七五（天正三）年のことだ。

すでに「天下布武」を唱えられていた公にあらせられては、新たな国造りが必須事項で、そのためには、「城」が必要だと仰せだ。そこにたまたま私が居合わせたというにすぎない。しかも私も建築には興味があり、イタリアの多くの都市や城を見てまわった経験がある。

そこでの見聞を披露しながら、公のめざす都市（この場合、城を指す）の何たるかを聞き出してゆくつもりだ。出来れば、公にはいちどイタリアを訪れていただきたい旨をつたえた。

「コロンブス殿、笑止千万じゃ。いつ殺されるかわからぬ身であるし、領地がいつ乗っ取られるかわからぬのに、いまイタリアにわたるわけにはいかぬ。面白いことを仰せの方じゃ」

こう言われて公は、もともと高い声をさらに高めて哄笑された。本心からおかしそうだったので、こちらも本音で言った手前、多少とも恥じらいを覚えた。

「ノブナガ様、そうお笑いめさるな。このコロンブス誠心誠意、渡航のこと、申しておりまする」

「わかった、わかった。許せ。だがなにゆえにそれほどまでに薦めるのじゃ」

「それは、この国とイタリアの都市のちがいを御目でご覧いただきたいからです」

信長公は身を乗り出された。

「どこがどうちがう、というのじゃ」

「それはまず都市をご覧になれば、一目瞭然です」

「というと」

「ヨーロッパの都市は壁にかこまれております」

「堺と似ているのじゃな」

「そうです。全部の街がそうなのです」

「だいたい見当がついた。その都市の真ん中に、教会が建っているのであろう」

「ご明察。正確には教会堂と申しましょうか……。加えて都市は円形をしています」

「……それは見事じゃ」

「城塞の役割も果たしております」

「城塞都市、それは城と同意か」

「はい」

「……円形の城塞都市か、見たくなったのう」

「そうでございましょう」

「山城はないのか」

「それはありますが、限られております。イタリアには、空気が悪い（*male aria*＝マラリア）湿地があります。そこから虫が発生し、その虫に肌を刺されますと病気になります。それで都市や町は山の手に移って行きます。またムスリムというデウス様と似た神を信じている異民族がいまして、沿岸の町を襲います。それをさけるためにも後方に退く場合もあります」

「ムスリムか、はじめてきく名前じゃな。デウスと似た神とは興味がわくわい。すこし話してみてくれ」

コロンブスは余計なことを言ってしまったことを悔いた。が、この際しかたがない。

「アラーという神を信じ、砂漠の中から起こり、周囲の地域を席巻して、ヨーロッパは、このムスリムの脅威に、海と陸からさらされている窮境にあります」

簡単に説明した。

公はそうかそれは大変じゃのうと返答したきり、それ以上追究してこなかった。

「それよりも、そなたの言う都市とはいったいどこら辺に建てるのじゃ」

「よいご質問でございます。海洋の中、にてでございます」

「島のことか?」

「はい」

「笑わせるのではない。孤立してしまうではないか」

「はい。それよりも大切なことは、海に浮かんでいると言うことで得られる羊水感覚でございます。母胎内回帰と申しましょうか。人間にとっての理想的境位がそこに秘められております」

「むずかしきことを申すのお。羊水感覚とは何か？　母胎内回帰とは何か？　余にわかりやすく説明せよ」

気色ばられた。冷や汗が流れ伝わる。少し抽象的なことを言いすぎた。

「上様、赤子が生まれてくるときには羊水という水で母親のお腹の中でういておりまして、この世の至福の状態にあります。これを羊水感覚と申します。波をこの羊水に例えますると、島が赤子に相当します。さすれば、島は至福の歓びを得ることになります。母胎への回帰とはこの羊水状態に還ることです」

「なるほど。お主は医術の知識も持ち合わせていると見受ける。結構なことじゃ。よい事例であった。だがな、琵琶湖の竹生島は北に位置しすぎておる。その他、ここ日の本にはそうしたところは見当たらぬ。都も掌中に収めねばならぬしな」

困惑されている。実直な方のようだ。

「ノブナガ様、ござりまする。近江の湖に、ございます」

「知っておる。じゃが竹生島は不便だ」

「琵琶湖に都市（城）を、理想都市国家をお建てなさいませ。もちろん、琵琶湖畔に」

「それはおもいもつかなかった。コロンブス殿、よくぞ申された。この岐阜の後、どこに城を設けるか悩んでいたところだ」

「そうでございましたか。すこしでもお役に立てたらうれしゅう存じます」

「そちは琵琶湖畔のどこがよいと考えるか」

「ノブナガ様さまこそ、いかがかと」

「決める基準はないものかのう」

「一つござります」

「何じゃ」

「それは」とコロンブスは膝を進めた。

2

「水運でござりまする」

「水運と申すか?」

「そうでござりまする。ご当地、岐阜では水運、つまり舟運にめぐまれません」

「そうじゃ。そのため、都に素早く馳せ参じえぬ」

得心した表情が公の顔にうかんでくる。

「それで、琵琶湖畔のどこを考えておる？」

「港を持てる地をご存じありませんか」

「余はいつも、常楽寺の港を利用している」

「それはどこでござります？」

「いま、地図を出そう」

公は振り返って、背中においてあった地図をひろげた。かなり精緻な地図だ。公の人柄がうかがえる。

公を著名にした桶狭間の戦いでの破天荒な戦略のため、公は計画性のない性格と見られているが、けっしてそうではない。論理的で合理的な計算の出来る武将でカミソリの面を持つ。

「常楽寺港はどこでござりまするか」

「ここじゃ。この半島の先にある」

「この入り江に突き出た小山は？」

「安土山といって、小高い丘のようなものじゃ」

「……上様、これで決まりました。この小山に城を造りましょう。城を、というつもりでなく、城下町も含めて理想都市国家の所存で。ここなら島のようでもありますし、一個の独立した国にも見えましょう。琵琶湖全体からも、長浜の羽柴様、坂本の明智様と結びますと三角形になって、きわめて良き水運の場となりましょう。いかがでございますか」

公は扇子の先で地図をたどりながら、

「コロンブス殿、妙案じゃ」

「ではさっそく差配をおねがいいたします。上様にはまだまだお話ししたきことがありますが、今日はこの辺で失礼いたします」と言って私は下がった。

城下の寓居で私はしたり顔だ。まさか、自分たちイエズス会の野望を体現できそうな土地があるとはおもってもいなかったからだ。カトリックの理念を取り入れた都市——それは国家でもある。この調子でいけば、万事うまく行く。湖に信長公の利用する港があったとは。これぞ天運！

次の日、早朝から私は安土山をめざした。

地図によると、安土は都と岐阜の中間点にある。本街道の迂回路が上下にある。安土山は下街道に隣接している。湖面から一一〇メートル、海抜二〇〇メートルはあるだろう。

是非、この土地に理想都市国家を信長公に建てていただこう。確信めいたものがわいてくる。天上の惑星の数にしたがって七重の構造にして宇宙を顕わす。信長公がそれを理解していただけるかどうかこころもとないが、とにかくこの日本に、西洋建築の理念に沿った建物を造ることは意義深い。石垣で造ろう。日本でも実行すべきだ。

常楽寺の港まで足をのばしてみた。それほど大きくはないが、水運の利用という点では充分だ。この港を外港として七重の城が建つとすれば、天下の注目を惹くことは間違いないし、天下布武への大きな足掛かりになるはずだ。壮麗で堅固な城砦都市の誕生だ。

私は自分の中で燃えるたぎるモノを感じる。フロイスから公を紹介されてから、私の日本での目的は布教ではなく、理想都市の建設であることにだんだん気がつきつつある。信長公という人物の性向を、私なりに見抜いたからだとも言えよう。この人物は新しものずきで、合理的、進取の気質に富んでいて行動力がある。

いろいろと未知なる知識を小出しにして意欲を掻き立てて行こう。当方が謙虚であれば乗って来る人物であるはずだ。やがて、話が熟して来て、城の設計図を書く段にいたるだろう。そのときまで、私のおもいが伝わるように、公の志向を一定の方向に向かせておかねばなるまい。こちらの肚の中を探られてもまずいので慎重になる必要がある。

率直に言って、公が私の話の内容をどれくらい掌握し信ずるかにかかっている。単なるもの珍しさに駆られて上の空だったら元も子もない。今度謁見するときには、どう話を切り出せばよいのか。

「昨日はどこぞへ参っておったのか？　登城せぬから退屈であったぞ」

「痛み入ります。ヨーロッパの城について復習しておりました。上様に間違った知識は禁物なれば」

「殊勝なり。そうじゃ、余もそなたに伝え忘れていることがあった」

「はて、なんでござりましょう」

「うむ。余に、明智光秀と羽柴秀吉という有能な家来が二人いるのは知っておろうな」

「はい。お名前だけですが。そのお二人がなにか？」

「光秀は坂本に、秀吉は長浜に城をかまえておる。ともに、石垣をもちいておるらしい。そなたの言う石の城じゃ。聞くところによると、近江の国には、腕の良い石工がいるそうじゃ。その職人に依頼したという」

「それは初耳ですが、縁起の良いことです。明智様か羽柴様に、さっそくお訊きになったらよかろうと存じます」

「それがよいな。いずれに相談すればよいかのう」

「それは上様がお決めくださいませ。身どもはまだ、お二方とはご面識がございませぬゆえ」

「さもあろう。じゃが、城の知識の豊かなコロンブス殿が会えば、いずれに尋ねればよいかどうかはわかるはずじゃ」

明智、羽柴の両武将には、以前から会ってみたくもあった。

これは好機かもしれない。

明智様の方を先にしてみようか。

「上様、近日中に、明智様にお目にかかってきますゆえ、紹介状を一筆書いていただけませぬか」

「そうか。ご足労をおかけする。すぐにしたためよう」

3

坂本城までは常楽寺の港をつかってみようとおもう。船でどれほどかかるか、知っておくのも必要だからだ。湖面に波はない。船は帆かけ舟で追い風にのって軽快に走って行く。前方に比叡の山が緑うるわしく控え、そのずっとむこうには比良山系が望める。

そういえば、フロイスとともに来たときは、この逆の航路をたどった。たった半年前のことだが、そのとき上陸したのが、常楽寺の港かどうかもわすれてしまっている。

坂本は叡山の麓の町でもある。僧侶も多い。そのなかで陸にあがった自分は服装の点で目立った。周りの人から奇異の目で見られた。伴天連になれていないのだろう。早いところ、坂本城までいかなければ。

坂本城は筆舌に尽くしがたいほどほれぼれする平城で、水城でもある。たいそう立派な石垣に囲われている。日本ではじめて目にする石垣城だ。故国の城をおもい出す。故国のは石垣というよりか石壁か。信長公には石壁の城をと提案しよう。

門前で、

「宣教師のコロンブスと申す者だが、ノブナガ様の御推挙を以てして、ご城主明智光秀様に拝謁したく参上つかまつった。御取次ぎいただきたい」

いつのまにか信長公の書状を前面に押し出している。虎の威を借る狐と化している。

「お待ちくだされ」と応えてあわただしく門番が奥に取り次ぎに向かう。

やがて中年の武将が現われた。

「拙者、当家の家老、斎藤利三《としみつ》と申すものであるが、ここ四、五日、主《あるじ》は、京の都に所用にて出かけており、留守でございます。せっかくご足労ねがいましたのに、失礼の段、はなはだ申し訳ございませぬ。かくなるうえは、上様の書状だけでもお預かりしとう存じます」

「……それは残念でした。では書状をおわたしして、また近いうちに出直してまいります」

書状をわたすとき、周囲にべつの人の気配を感じた。廊下の隅のほうからそれは漂って来た。誰かに見られている。そうおもった。しかし、気づかぬふりをして門を出た。

光秀殿ではなかったかとおもう。用心して面会を断った？　姑息な手段を使う輩だ。むろん、勘違いであってほしい。万事につけ慎重なお人ときくからあり得ることだ。

ま、いいだろう。これだけ立派な石垣を見ることが出来たのだから、安土城の普請に大いに役立つにちがいあるまい。後日、私の予感が当たっていたことが判明する。というより、あくまで比較の問題であって明確に事実を把握したわけではないが。

秀吉公を長浜に訪ねたとき、公もやはり留守だったが、居留守でないことがはっきりわかった。応対してくれた家臣が明るく、知謀の人光秀殿の家老のような影を背負っていなかったからだ。秀吉公の人を食ったような人柄が、家来にものりうつっていたのだ。そしてあえて、

「石垣を拝見したい」と頼むと、

「それではご案内仕りましょう」

何のためらいもなく案内してくれた。この鷹揚さはどこから来ているのか。主人の性格しかあるまい。信長公の紹介状も見ずに、だ。

驚いたことに石垣が湖水に浸かっていた。

あくまで私個人の勘によるものだが、あながち外れてはいないとおもう。秀吉公にはお目にかかる機会はついぞなかった。いまでも残念におもっている。「サル、サル」と信長公から可愛がられて、結局、後継者になられた方にまみえられなかったことはまことに心残りだ。

長浜城は湖畔に建っているから、安土城建築には大いに役に立つとおもわれた。むろんここにも良港がある。それも参考にしたいものだ。

私はひきこもって、理想都市国家の設計図を書きはじめた。敬虔なカトリック信者であったダンテの『神曲』の煉獄編をモデルとした山道が、七つの惑星に照応する、七環状の山城だ。七重の城郭となる。東西南北に門があり、山の頂上には神殿がある。そこには主である太陽神が祭られている。それゆえに天主閣であって天守閣ではない。信長がデウスを信じていないのを知っての上であえて太陽神とした。

ここで私は背筋を冷たく走るものを感じた。太陽神を頂点に置くなど、キリスト教では異端だ。われらイエズス会では、ポーランド人コペルニクスの唱えた太陽中心説（地動説）を退けて、地球中心説（天動説）を信じているのだ。この宇宙の中心は地球であり、外側が天球に向かって、月、水星、金星、太陽、火星、木星、土星、そして天球となる。それゆえ天主閣には土星が位置するが、天球を動かしているのが天使で、その上の至高天に「神」の御座所がある。ここは充分に考え抜いて公にご教示しなくてはならない。私じしんに迷いが生まれて来ている。

ただ、環状の山道には砲台を、石の壁には西洋のさまざまな学知を描くことは決めている。武将たちは、めぐってのぼっていくうちに、それらの学問を身につけて行くというわけだ。

城は円形を基調としている。東西南北の四方向に門を設ける。安土山の位置からして、南門が正門になるだろう。常楽寺港へは西門をつかえばよい。この城はあくまで住んでいる主人を象徴する城で、攻撃の体制は整備されているが、どちらかというと防備の城で都市でもある。信長公はご自身を神に見立てておられるから、「愛」、「力」、「知」の役目を担う三人の重臣がいて、信長公を支えているとしよう。

「愛」は、主に婚姻、生殖をつかさどる。
「力」は、軍事力、体力を監視する。
「知」は、文字通り学問を指す。

ここまで記して一息ついた。

これで安土山を上手につかって一大理想都市国家が出来あがる。だがまだ足りないものがある。それは信長公が行なって成功している商業政策――楽市楽座だ。それをどこに設けるかだ。故国では商業（商人）の地位がかなり低いので、理想都市に公衆衛生が必要だとしても、商人の集う場がない。しかし、「商人」のいない都市は死に体に等しい。

安土ではその場所を城下にきちんと確保しておこう。大手道へとつづく道を露店街にするのはどうだろうか。これはおうかがいをたてる必要があろう。そしてキリシタンの教会で学び舎でもあるセミナリヨを城下のいずれかの土地に建てていただこう。最後に、都市を城壁で囲むのだ。

私の筆はおもいのほか進んで行く――けれども、再度、自分が異端思想を軸に安土城の案件に対応しているのに気づかされる。「太陽神」はキリスト教に相反する古代ギリシア・ローマの思潮だ。つまり、人間中心の世界の神だ。それに太陽は宇宙をあまねく照らす慈愛の本体で、デウスに酷似しているが、異なると教えられて来た。でも……なぜ異質なのか。神の愛、それは太陽がめぐむ陽光に等しいのではないか。揺ぎを覚える。フロイスによると、大多数の日本人にとってわれわれの神が「大日（如来）」として解釈されているという。*

* 大日如来は真言密教での最高仏。森羅万象に遍く存在する慈母を指し、万物はこの、無限なる全一者から流出する。仏教での太陽神。日本神話では天照大神に該当する。

「（峻厳な）父なる神」と「（慈愛に充ちた）母なる神」とは明らかに異なる。私は前者に身を置かなくてはならないのに、このままではカトリックの教義から外れてしまう。私は、いったい何者なのか。異端の「思念」を平然と吹き込むことで、信長公に気に入られることはあっても、自分の立ち位置の危うさをあえて引き受けようとしている。所属するイエズス会はローマ教会の教えに忠誠を誓った教団だ。裏切ろうとしている自分がいる。それでいいのか。苦汁が口の中を充たしつつある。両方に足をかけた私はこれからどうなるのか。いかに身を処していけばよいのか。

太陽神にはやはりためらいが残る。

4

完成した図面を持って信長公に会いにいった。

「おお、コロンブス殿、どこぞに雲隠れしておられた？　久しいのう」

「こちらこそご無沙汰いたしております。本日は、お見せしたいものを持参いたしました」

「ほう、何じゃ、目覚まし時計のようなものはこまるぞ」

「それはフロイスから聞いております。じつは設計図めいたものなのです」と呟いて私は書きあげた設計図を公の眼の前に広げた。

「これは……」

「はい、安土山を多少とも、お城にかえてみました」

「うむ」

公は手に取って眺め出す。

「これまでに見たことのない図面じゃ」

「畏れ入ります」

「円形なのじゃな」

「はい」

「頂きにあるのは天主閣であって天守閣ではない、とあるの」

「はい、そこは上様のお部屋です。デウスを信じておられませんが、ご自分を神とおぼし召している上様の居場所にはもってこいだとおもいまして」

「よくぞ、考え抜かれた」

「この環状の壁の絵は知識を得るためのものです」

「そうすれば、知識の連携が起こるな」

「そのとおりです。知は一なるものですので」

「七重になっているのも面白い。このような七重の城など、日本にはないぞよ」

「はい。それぞれの階に惑星の名前を与えます」

「どのように？」

「いちばん上の階をとりあえず土星といたしました。さすれば、次の階から下へと、木星、火星、太陽、金星、水星、月とつづいて、いちばん下が大地である地球となりまする」

「なるほど、好奇心がかきたてられるわ。一つ尋ねてもよいか。われらの大地がなぜ一等低い位置なのか？」

「それは大地、即ち、地球の真ん中に『地獄』があるからです。地球は太陽が『熱』とすれば、掃きだめの存在で『冷』に当たるのです」

信長公は手をこまねいておられる。

「よくわからぬ。この大地の下に地獄があることくらいは承服できる。そのあとが問題じゃ。世界の中心に位置する地球にいかにして地獄を設けたのか。コロンブス殿、そこをくわしく教えてくだされ」

「わかりました。耶蘇教では、地獄をすべての被造物の中心に置いていますが、これは従来からの風潮を逃れ切れずに、悪魔《デヴィル》が地球の中心部にいたことを暗示しているわけです。もっとわかりやすい絵図を書いても構いませぬか」

「頼む」と公が紙と筆を持ってくるようにと近習に命じた。

私は深呼吸を一回してから筆を執り、説明しながら描きはじめた。

「よろしいですか、まず、この宇宙は大きく月の下の世界とその上の世界に分かれております。月天の下では地獄が宇宙の中央にあり、それを覆っているのが大地です。その上に、水の層と風の層、火の層が来ます。つまり、地上は土と、それから水、風、火と、世界を構成します四大元素に充ちているわけでございます。次に月天の上層には他の惑星が月天より高い宇宙を囲むかたちとなっていて、神はそれらすべてを裡に含む、天球の上の至高天におられますする」

「月も含めて、さきほどの七つの惑星が、その至高天とやらに包まれているのじゃな。もちろん地獄までも」

「そうでございます。そして至高天におわす神の命にしたがう『天使』なる存在が惑星をはじめとした星に回転を与えています」

私はイエズス会士らしく「天使」と述べた。

絵図も完成して筆を置き、公の反応を待った。

「耶蘇教は奇妙なことを案出するの。はぐらかされたような気もするがのお。……やはりなぜ、万物の恵みである太陽を中心の位置に持って来ぬのか」

鋭いところを突いてくる。

「……正直に申しまして私も迷いました。ですが、教えを破るわけにはいきませぬ」

「ほう。ならば、もし破ったのならどうなる?」

「それは、どうかご勘弁を」

冷汗がこめかみを伝わって行く。故国でなら異端審問にかかって火刑に処されるだろう。

「余なら、太陽を天主閣に置くがのう。どうじゃ」

「……ごもっともと拝察いたします」

「そうか。ならそうすればなんのことはないわ」

返答に窮した。

「……お城の各階にはさきほどのお名前を是非、おつけくださいませ」

「承知した。じゃが、太陽の代わりは何にいたす?」

「それをお考えになるのが上様です」

「おだてはきかぬぞ。さきほどは土星と申しておったぞ」

「はは」

公がきわめて知的な人物であることがわかって来る。得心がゆくまで理をつきつめて行く御仁であることはフロイスから聞いていたが、いまそのお姿がくっきりと像を結んだ。私は逃げ出したい思いに駆られた。

「……常楽寺港から城まで関所がないのがよいの」

矛先が変わった。安堵の念を覚える。

「上様には関所をお嫌いになると仄聞しておりまして」

「そのとおりじゃ。あれは商人の往き来をさまたげて、商いの発展の邪魔となるからのう。これまでわれら武士たちの財政基盤は百姓からの年貢米だったが、これからは商人たちからの〈矢銭〉なども必要になってくるからな」

矢銭とは軍用金のことだ。信長公はもうそこまで考えておられるようだ。

「コロンブス殿、この図面をお貸し願えまいか。当方の大工どもにみせてやりたいのでな」

「それは構いませぬが、大工は組み立てを行なう者のこと。建築家はおられませぬのか？」

「はて、どうちがう？」

「建築家とはある一定の理念の下に建造物を構想する者であるのに対し、大工はその図面にしたがって建物をじっさいに造る者のことでございます」

「我が方の大工の棟梁は、その両方を兼ね備えておるから心配は無用じゃ」

「これは失礼いたしました」

「よいよい」

公は上機嫌だ。

「ところで、光秀か秀吉にはお会いになられたか」

残念ながらまだである旨を伝えた。そして光秀公の屋敷を訪ねたときのようすを述べた。

公は下顎に手をやって、

「それはコロンブス殿の見立てが正しいの。光秀は用心深い男でな、そういうこともありうる。なかなか胸襟をひらかぬ男ぞ」

「教養があってご立派なお方とかお聞きしていますが」

「それはそうじゃ。余はずいぶんとたすけてもらっている。だがの……」

次の言葉を待った。しかし、公はぐっとのみこんで出さなかった。私もそれ以上たちいらず、

「また、出向いてみます」とだけ応えた。

「ま、秀吉には是非、会っておかれよ。目端の利く男ぞ」

「はは」

公の御前から下がると、肩の荷がおりた気がした。図面をお預け出来たことがそれだ。拒否されなかったのだ。公の大工の棟梁がどのような男かわからぬが、公の下に仕えているのだから期待は持てる。

四、五日すると、お城から寓居へ呼び出しの使いが来た。
「上様のお召しでござる」

身なりを整え、きっと図面についてだろうと予測を立てて出向いた。

「ご足労をたまわった。先日の図面のことじゃ」

公はすわるなり口火を切った。

「どのような仕儀にあいなりました?」

「それがの、当方の棟梁はびっくりしてしまって、文字どおり開いた口がふさがらぬ状態だった。『上様、円形の城など、見たことも聞いたことも考えたこともありませぬ』と言いおったわ。伴天連の国で盛んに造られているものを、どうしてここ日の本では造れぬかと問うと、『上様、ただ驚くばかりにて』と応え、さらに『この環状の形、それに七重など、よもや想像も不可能なこと』と締めくくった。それで、そなたなら安土山という場所に、どのような城を築くかと訊いた」

「で、その応えは?」

「それが、すぐには出てこなかった」

「そうですか」

「コロンブス殿の図面がよほど衝撃をあたえたとおもえる」

「……なるほど」

二人とも腕を組んでしまった。

「もっと意見や疑問が出るとおもっていたのですが」

「余もおなじでな。その点、物足りないものを感じたわ」

「棟梁殿は、ご自分で図面をお引きになるのでしょうか」

「余は宿題としておいた。なるべく斬新な城を、とな」

「何を以て斬新とするかですな」

「それは、余が決めることじゃ」

そうかもしれない。しかし「天主閣」を持つ城（都市）の意義を直感でもいいからわからなければ無理な話だ。

「上様、真横から見た図を描いてもよろしいでしょうか？」

「おお、それは名案じゃ」

「では、これから描きにいったん帰らせていただきます」

「いや、もどらずともよい。余がここに用意させよう。この前のようにまたコロンブス殿の描きっぷりもみたいでな」

「畏れ入ります」

公は近習に筆に墨、それにおおきな紙を持って来させた。

私は筆を執った。

「ほう、環状とはそうなるわけか」

「はい、ここに砲台を、区切りごとにつけてゆきます」

「コロンブス殿、前から訊こうとおもっていたのだが、安土山の城は平和の象徴。じゃから、砲台はいらぬと考えるがのう。どうじゃ」

「はい、取るとなれば、上様さまのご自由でございます。ただ、正門の道を直線にしており、ふつうの城のような、くねくね道で敵をふせごうとはしていませんので、砲台は必要かと存じました」

「そうであったか。これは、余の見識不足だった」

「いいえ、いまのご質問で正門へといたる道の意義がわかってくだされたというものです」

「上に行くにしたがって、幅がせまくなってゆくの」

「はい。それに環状でございますから。そして一番上の天主閣の装飾については上様にお任せいたします」

「ほう、余に一任とな。絢爛豪華なものにいたす所存。……そしてこれらをすべてを石で造る、というのじゃな」

「はい、理想を言えばそうなります。本音のところ、木では造れぬとおもいます」

「そうか」

「これでよほど、わかりやすくなったとおもいますが……」

「そのとおりじゃ。これを棟梁に見せてやろう。またびっくりするかもしれないがな」

「はは」

私は畳に額を押しつけた。本当は、そうに決まっておりまする、と言いたかったが。

5

側面図を納めると、早々に辞した。

信長公が胸の中で何を考えているかわからなくなったからだ。図面をどれほど理解しているかも判別できず、あの能面顔の陰の本心がおそろしくもある。一定の距離を保っているのが必須なのだ。

もし、そなた、なぜ、こんなに熱心になってくれる？　と問われれば、即答に窮するだろう。異端の理想都市国家をこの日本に建てるため、などと応えでもしたら、「神」である余の前で何たる言い草か、となじられるであろう。

一言、一言、気を使わなくてはならない。神経がすり減ってしまいそうだ。それでも人を惹きつける独特の魅力をもっているのは否めない。鋭利な眼差しがそれを物語っている。けっして激する方ではないのだろうが、ご自分の意に反するときにはそれを露わに打ち出す。その性急さが畏れを強いるのだ。

今後、お城からなんらかの呼び出しがなくば、謁見をひかえようか。いや、それよりも、信長公の意に沿うように動いて、知らぬ間に、理想都市国家が竣工する日を待つのもよいのではないか？　とにかく時間をおくことにした。

お城から呼び出しが来たのは、しばらく経ってからのことだ。

「無沙汰した。都の方の動きがさわがしくてな。それで、岐阜を空けることが多かった。常楽寺の港の便利さがよくわかった。それに、湖からながめた安土山、それに貴殿の描いてくれた図面を重ねると壮観そのものじゃ」

「はは。恭悦至極に存じまする」

「円形にした訳、環状の理由、すべて明白になって来る。あれは、なんじゃな、天下布武を意味しておるな――城の形が余の理想を体現しているとは、あっぱれじゃ」

適切な解釈にびくりとしたものの、「神」気取りの公には、信じたが最後、疑う気はないようすだ。

「コロンブス殿、そこでどうじゃ、余の下で安土城普請の棟梁をつとめてはくれぬか?」

絶句した。

「いま、なんと?」

「棟梁じゃよ」

「それは固くご辞退申し上げます」

「なにゆえに」

「手前は所詮、一介の宣教師にて、頭で考えたことを図面に引きはしますが、現場ではまるっきり役に立たぬ種類の男にござりまする」

「そういうものか」

「はい。そこまで評価してくださる上様のご高配はかたじけないですが、人には分というものがあります」

「じゃがな、余の棟梁は、お主の図面を理解できぬでな。そこで苦肉の策なのじゃ」

「それはこまりましたな。上様、いちど、これまでお話ししたことを、噛み砕いてその方にお話しになって、棟梁ご自身に図面を引かせたら、いかがでございましょう」

「それが出来るかのう」

「この岐阜城を拝見する限り可能かと」

「そうか。腕の立つ男なのは確かなのじゃが……」

「こう仰せつけになればいかがでしょう。『天下布武』を顕わす城の図面を引くように、場所は安土山に、と」

「おおそうじゃな。理をさきに伝えたほうがよい折もあるの」

「上様がもう『神』であられることも」

「うむ」

ほっとした。そしてその図面が出来あがる前に岐阜を去ろう。完成したら検分せねばなるまいし……。

どうせ、というおもいがあった。

公はそうした私を察したようで、嫌味っぽく、

「解き放たれた感じがするか」

「滅相もございません。お役目を全う出来て、充足感でいっぱいです」

「そうか」

やっと肩の荷がおりた気がした私は前々から公に披露したいと思っていた嗜《たしな》みを口にした。

「上様、はずかしながら、手前、多少とも笛の心得がございます。お聴きくださいますでしょうか?」

「おお、笛を、とな。是非、聴かせていただこうかの」

「それでは」

私は腰に刀のように挟んでいた縦長の布をとり出して中から横笛を引き抜いた。公は目を輝かせてご覧になっている。笛を唇まで持って来て挟んで息を吹き込んだ。日本に来てからなかなか吹く機会にめぐまれなかった。というよりそうした心持になれなかった。いま信長公の御前で、一段落した安堵の念とともに、思いが笛へと向かったのだ。いつも腰にさして登城しているのに、今日の気分はいったいどうしたものだろうか。

笛の音にコロンブス自身が酔ってしまいそうだ。こころの底を浄めてくれる高音でも低音でもない、はじめて出しているような橙色めいた甘酸っぱい音色。いつのまにこうした音を吹けるようになったのか。

「良い音じゃのう。見事、見事」

公は軽く拍手をして、

「お国の曲か?」

「……いいえ、これはイエズス会の鼻祖たちの代表であるイグナチウス・デ・ロヨラ師の生まれ故郷、バスク地方に古くから伝わっている民謡で、わが会でもなじみ深い曲でございまする」

「ほう。で、バスク地方とはいずこか？」

「はい、スペイン王国とフランス王国を隔てていますピレネー山脈の北部の地域で、スペイン王国とフランス王国の間の山脈を軸に、両国にまたがって展けている土地で、北はビスケー湾に面しております」

「うむ。余にはわからぬが、察するにいまの笛の音色のような美しくて豊かな自然にめぐまれている土地がおもい浮かぶがの」

「北部と南部に分かれた山岳地帯が主で、それぞれで土地柄はちがいますが、おおよそそのようでございまする」


口笛をここちよく吹き終えてから図面のことなどなかばわすれかけていた頃、意外な事態となった。信長様が棟梁に意見を言うのなら一日ですむだろうが、図面を引くとなると、一週間はかかると踏んでいたのがそもそもの誤りだった。

三日後に、お城から呼び出しがあったのだ。

諦めて出かけた。

「ご足労をおかけした」

「いえ」

「当方の棟梁の図面じゃ」

公は私の目の前に広げた。

「おお！　これは見事な」

「そうか」

「上様がお話しになったとおもえる理念を忠実に表現しておりまする。……存外、早くに完成されましたな」

「うむ。じゃが円形ではないのによいのか」

「べつにかまいません。お城全体が円に近いですから」

「そうか。安心したぞ。この図面はあくまで外装ゆえ、内装は余が指示することとした。コロンブス殿に教わった『惑星』のこと、充分に活かすつもりぞ」

「ありがたき仕合わせ」

そう頭を垂れながらも、実のところ可もなく不可もなく描かれた図面だが、それだけでも斬新に映る。私のおすみつきがあれば信長公は満足するだろう。これで用事はすんだ。明日にでも岐阜を去ろう。

「コロンブス殿にはご負担をかけて篤く礼を申す」

「何を仰せです。上様に図面をご覧いただたくのがどんなにかたのしかったか」

「そう申してくれるか」

「はい。率直な気持ちです」

「ところで、これからどうされる?」

「どう、とは?」

「どう行動されるか、ということじゃ」

「それならば、風の吹くまま、です。宣教師ですから、布教に専念いたします」

「そうか、おしいのう。もうまもなく城造りを始める所存。見守っていてほしいがの」

「前にも申しましたか失念いたしましたが、普請の場に伴天連の存在は異様でしょうから、ご遠慮いたします。私などは道端にでも立って布教していればいいのです。今回のこと、上様のご厚意によってなったことです。生涯忘れません」

「そこまで申せられて、この信長、感きわまった」

「今度は、お城が出来た頃、参上つかまつります」

「おお、待っておる」

「上様、お城は二、三年で完成するかと存じます。そのあいだ、諸国をあるいてまいります」

「布教のことじゃな」

「は……上様、お城を普請されるときのおこころ構えとして、これから、不肖コロンブスの申しあげること、よくご銘記くださいませ。天主閣の『しゅ』の字が『守』でなく『主』であることは、上様が天下の『あるじ』であることをしめしています。『守り手』ではございませぬ。上様は『神』であらせられますれば、『あるじ』にて、毅然と構えておられるとよいのです。『天下布武』とは私はそう解釈しております」

「うむ。なかなか穿ったご理解で、余は気にいった」

「ありがとうございます。次に、日本流の構えで一向にかまいませんが、お城は理想都市国家を顕わすものですので、建材はその理想を達成できる石材を用いてくださいませ」

「それもわかっておる。ただ、理想とは具体的には何を意味するのじゃ」

「それは、人間性尊重を第一とすることです。万民に平和をもたらし、民百姓が穏やかに暮らせる世の実現です。人間性尊重と申しましたが、日本流に言うなれば、真の仏を信じ、信心にはげむことでしょう。われら伴天連にとっては、西洋の古典的著作を読んで、人格を形成してゆくことを指しております。一言で申せば人間性を尊ぶことです」

「なるほど。旧き物から叡智を学ぶ——これは良き考えじゃ」

「畏れ入りまする。これは日本でも一部の方がおやりになっておられるようですが、私にはまだ見えて来ぬ世界です」

「有職故実などがそれなのかもしれぬ。余より、光秀の方が造詣が深いはずじゃ」

「そうでございますか」

「理想は現実が醜いから求めて当然じゃ。そうそう一つ忘れておった。近江には〈穴太衆《あのうしゅう》〉という優れた石工の集団がおってな、安土城の石造りを任せようとおもうとる」

「それは是非、そうなさいませ。そして理想は、お城の形で具現化をご期待申し上げております」

「使命感を帯びた感がする。それくらいがよいのであろう。コロンブス殿にはいろいろ学ぶべき点があった。ここに深く礼を申す。貴殿を紹介してくれたフロイス殿にも、御礼いたす」

城をあとにした私はどこかしら進退窮まった気がした。正統と異端のあいだをいまだに揺れ動いている。神尊重ではなく人間性の重視という異教の教えまで持ち出してその説明までしてしまった。今後の行く末が見えてこない。

だが故国イタリアでおよそ二〇〇年前、桂冠詩人であったペトラルカがキリスト教と古代の人間性尊重の精神を調和させて、新たな生き方の指針を示しているのを忘れてはならない。

私の主張はその系譜を引いている。他のイエズス会士とちがうのは、彼らがどちらかと言えば、宗教（キリスト教）を糧に人格形成をしていったのに対し、私はキリスト教を信仰しながらも人間性敬重の思潮を好み、それを営養として青年期を過ごした点だろう。

第十八章　光秀公謁見録

1

実に日本語に訳しやすかったコロンブスの『信長公謁見録』を図書館に返却に行ったついでに新たに、『光秀公謁見録』を借りて来た。これもフランス綴じ本で、下宿に帰って机に向かいナイフで紙を切りはじめる。音がさわやかだ。分量は『信長公』とたいして変わりはない。

『信長公』を訳していたときもそうだが、コロンブスのイタリア語の文体は軽妙だ。会話を多用した律動感あふれる文章にはついついのめり込んでしまう。『光秀公謁見録』は、どうかわからないが、それほど構えて読むにはおよばないだろう。その点、コロンブスが筆をどう走らせているかが、やはり、一番の読みどころにちがいない。

光秀公謁見録　本書を明智光秀公に献ずる。

マヌティウス・コロンブス

信長公の下でおもわぬ長居をした私は、岐阜の寓居をたたみ、にぎやかな城下町にわかれを惜しみつつ琵琶湖をわたり坂本に向かうことにする。光秀公にお目にかかるためだ。

過日の一件を覚えていてくだされば、それほど警戒されずに済むと言うものだが、これには信長公と光秀公との間柄も微妙にからんでくるのではあるまいか。いわゆる相互の信頼関係だ。どうもひっかかりがあるとおもえてならない。有能な二人の武将のかけひきに類する何かがあるのではないかと――これは憶測にすぎないがつい考え込んでしまう。

先に光秀公を訪ねてから半年が経っている。書状のこと、わすれてはおるまいな、と疑心暗鬼になりながら門前に立った。門番に、

「半年ほど前、上様からの紹介状を持参したコロンブスという宣教師だが、本日、ミツヒデ公は居《お》られるか」と胸を張って尋ねる。

「しばしお待ちを」

門番はこの前とおなじく中にすいこまれるようにはいって行った。

すぐに、前回とおなじ侍が出て来て、

「今日はいらっしゃる。はいられよ」と一揖《いちゆう》した。

「お手前、大和言葉は大丈夫か」

「はい」

「安堵した」

信長公はどういった紹介状を書かれたのか。会話に不自由はせぬくらい一筆書きそえてくださってもよいものを。

廊下を曲がって行くと、奥まった部屋にとおされた。

「いま参られる。しばし、待たれよ」

丁重と言おうか慎重と表現すればよいのか、とにかく要注意人物のごとく扱われている節がある。

時だけ過ぎてゆくが、本人はいっこうに現われない。半時ほど経った頃、

「お待たせした。明智十兵衛光秀にござる」

悠然と現われた。わりとせかせかしている信長公とはちがう。

なぜか脚をくずしてしまった。

「ああ、よいよい。しびれたのであろう。胡坐《あぐら》をかかれよ」

「もったいないお言葉、すぐに端坐いたし直します」

くずした脚をもとにもどす。おそらく緊張の糸が一瞬ほぐれたのだろう。私は私なりに身を引き締めていたのだから。

「上様からの書状は読んでおる」

「で……?」

「上様も上様じゃ。石垣の件は上様から教えていただいたものだ。近江には石に関して独特の職能集団がある、とな。その名までは仰せでなかったが」

「……はあ」

頭がこんがらがる。

「殿様、上様は……」

「上様は貴殿をからかったのじゃ。そういう面もあるお方ゆえいつも柔軟に対応せねばならぬ」

信長公と出過ぎた会話をして来たとすぐに悟った。錐のような頭脳で相手の話を切り刻んで来られる。それをたのしんでおられたわけだ。

「その他に何か書かれていましたか」

「いや、石垣の城を持つ儂をほめておった。またコロンブス殿と会って話をしてみてはどうか、とも」

理想都市国家のことは書かれていなかったようだ。助かった。しかし、あのとき会っていれば、話は理想都市国家にまでおよんでいたかもしれず、かえって面会できずによかったのかもしれない。

光秀公は、思案げに私を見つめている。知性が表情ににじみ出ている。信長公が言われた有職故実の伝授者である見識もうかがえる。知将という異名が当を得ているが、多少とも目のあたりの皮膚が黝《くろ》ずんでいて疲労のあとが見受けられる。

「ところで、コロンブス殿、上様は、なぜ石の話をされたのか？」

きわどいところをついてくる。どう逃げようか。それとも事実を応えようか。

「殿様にはすでにご承知かもしれませんが、上様におかれましては、岐阜城の次の城をご思案中です。それで石の話をされました。おわかれ際でしたが」

「なに、新たな城を！　どこにじゃ？」

しまった、ご存じなかった。

「琵琶湖畔の安土山でございます」

「安土山……？　そのような山があったか？」

「丘のような低い山でござりまする」

光秀公はさっそく家臣をよんで地図を持って来させた。

たいへんなことになった。私の一言が上様と重臣の仲にどんな影響をおよぼすのか？

「ここか、見つけたぞ。本当に小山ではないか。コロンブス殿、その話はまことか？」

「はい」

もう図面も出来あがっていて、作成には自分も参画したとは口がさけてもいえない。

「普請はいつごろからはじまる」

「もうじきかとおもわれます。殿様、これでようやくわかりました。上様がしきりに殿様と秀吉公にお目にかかって来いとお薦めになったわけが。会えば、私が『お城普請の伝達役』をあえて担うことになるからでしょう。上様もお人が悪い」

「いいや、上様はそうした込み入った姑息な手はつかわぬお方。存ぜぬ当方に非がある。重臣とはそういうものじゃ」

ご自分で「重臣」はないだろう。おもわず舌を出してしまった。

「のう、伴天連殿、上様がここに城をうつすとなると、当然、港が出来るであろう。羽柴殿の長浜港と、儂の坂本港、それに上様の新しいお城の港をつなげば『水運』が開ける。京も近くなる。この光秀の役目も重大になるというもの」

光秀公は、頭頂部が半ば禿げてしまっている頭に手を当てがいながら感慨深げだ。これからまだまだ出世して行くご自分を夢見ておられるのだろう。

「そなた、本当に、その図面を見ていないのか」

「はい。滅相もないことでございます」

「どんな城かのう。早く完成してほしいものじゃて」

「はい、私もおなじ考えにございます」

「どれくらい岐阜におられた？」

長くもなく短くもない日数を告げた。

「それにしても、伴天連殿を、それほどまで岐阜にとどめておくかの」

公は適宜に応えた日数を多いとみなしている。

「はい。耶蘇教の話をしておりました」

「ほう。上様が耶蘇教にご関心がおありと」

「はい。上様も興味本位でお耳を傾けてくださった気がしておりますゆえ。宗教じたいにご関心がないようでしたが」

「でしたが、何じゃ」

「ご自身を『神』と任じておられました。もちろん、われわれの神とは異なりますけれども」

「はばかりながら傲慢じゃな。そういうところが腹にすえかねる。もっとも、身どもにそう明言する資格などないがな。その『われわれの神とは異なる』とはどういうことか。説明されよ*」

＊ この時点で光秀はやがて細川忠興に嫁ぐ娘玉子が、後年、キリシタンとなり、洗礼名ガラシャを授かることは知らない。

2

さすが教養ゆたかな御仁だ。われわれの宗教とはむろんカトリックだ。でも信長公にお伝えしたのは、異端的カトリック、いやむしろキリスト教の精神である「唯一神信仰」をはなれてギリシアの人間性尊重で「多神教」の「神々」、「太陽崇拝」をお伝えもして、私自身がにっちもさっちもいかない窮境に陥ってしまった。これを光秀公にすべて打ち明けることは出来ない。

「宗教と言いましても深く突っ込んだ内容ではござりませぬ。上様ご自身が『神』を自任されておりますので、そのお方に当方の神をいくら説いても、暖簾に腕押し、でございました」

「そうであったか。手応えがなくて、さぞかしむなしゅうござったのう。上様のこれまでの戦を見て来た者として、理解できる面もある。あのお方は自分にも他人にも厳しい武将であられる。みずからにだけ厳格さを向け、家臣には温和さを、と、儂などは期待するがの。だが反面、部下おもいの方でもあられる。名伯楽であってな、儂はともかく、滝川一益殿や羽柴殿の才覚を一早く見抜かれて、ご本人たちも嬉々として任務に励んでおられる」

「なるほど、そうですか。人づかいにきつさがあるとお見受け申しておりましたが、有能なご家来衆を融通無碍《ゆうづうむげ》に使い分ける雅量がおありなわけですね」

「そのとおりじゃ。ただ、多分に感情的になることがあられて、そのときは、三十六計、逃ぐるに如かず、というものぞ」

光秀公は慧眼の持主のようだ。主君をいろいろな面から観察しておられる。織田家に奉公する前、みずからの血筋の正統さゆえにご苦労されたと耳にしている。明智家没落の後、細川藤孝殿の世話になり、与力のような役にも就いている。戦上手でもあるという。

「ところで殿様、この坂本城、たいへん堅固にしてご立派です。いったい、どなたさまが建てられましたのでしょうか?」

「よう、聞いてくれた。すべて儂の差配じゃ。わしは城普請が好きでの」

円形の城の話をしてみようとおもって、切り出してみた。

「無理じゃろう。空想の産物じゃ」

「どうして、空想かと?」

「それは造作ない。石材を円形に出来ないからの」

「なるほど。一理あります」

「そなた、いま何と申した……一理ある、と?」

「いえ、たわごとでございます」

冷や汗ものだ。光秀公はご自分の意見を曲げようとはしない方のようだ。

「ヨーロッパには、円形の城があるのか?」

「城はともかく、都市にはござりまする。また格闘技場も円形です」

「ほう。是非、拝見したいものよ」

「天下がおさまれば、どうぞ」

「片腹いたし。あと何年かかるとおもう?」

「失礼を申しました」

「よい。その言葉だけでもうれしいぞ。われら織田軍団に向けての激励の言葉と受け止めた」

「畏れ入ります」

「お主、伴天連のくせして、建築とか……たぶん、そのほかのものにも関心があろう。なぜじゃ」

ひとつ咳ばらいをした。

「学校を卒《で》ているからでございます」

「学校とは?」

「いろいろありますが、私はイエズス会所属のカトリック信者で、イエズス会は『教育』を重んじて学校を各地に建てています。その学校をセミナリヨと申します。そこで、天文学や数学、音楽や修辞学など、さまざまな学問を学びました」

「この国には存在せぬの」

「はい、いまのところは」

「これから出来ると申すか」

「上様に陳情いたす所存」

「あっぱれなこころがけじゃ。さて学校の話題が出たが、先刻の円形を伴天連殿が尊ぶのはなぜか?」

「実は、デウス様が円形なのでござりまする」

「何? デウスに形があると申すか?」

「はい」

「見えぬではないか」

「はい、見えませぬ」

「円は形ぞ」

「はい。円のように動くと申せばよろしいでしょうか。円がさまざまに変貌をとげて行くのです。それに、円は一なるものでござりまするゆえ」

「一なるもの、とは?」

「円は完全にして一、と申します」

「むずかしいことを言いおるわい」

「いいえ、決して。よくお考えくださいませ。円は角もなく、線でもありません。両端が結び合っています。これは、あきらかに一なる世界です。それだけで完全なわけです」

「ふむ」

「デウスは完全なる存在なれば、円に例えることが出来るのでございます」

「なるほど、理にかなった説明じゃ」

「ありがとう存じます」

「じゃが、儂は、デウスを信じぬぞ。理由はいとも簡単。この世の中に完全なるものなど存在せぬからじゃ。その点、非合理であろうが」

「さすが殿様、そのとおりでございます。ですから、なおさら、私どもは、万物の創造者である、全知全能の神、デウスを信仰するのです」

「そうまいったか。かなわんの。信じ切っている者にはどう言っても無駄じゃな」と口をおおきく開けてお笑いになった。

その陽気な声にびっくりしてしまった。

「ま、伴天連殿、そなたはそなたの信じるものを信じておればよい。ただ、他人に押しつけぬことじゃ。それぞれ、信仰はさまざまじゃからな」

「畏れ入ります」

「しかし、デウスを円形と捉えるというのは、考えさせられるの」

光秀公は顎をなでられた。

「コロンブス殿、円の話、とても関心がわいてきた。が、なぜかと考えるに、上様がひょっとしたらご自身を円だと考えておられるのではないか、とふとおもったしだい」

息を呑んだ。まさにそうだからだ。信長公には、デウスが円に例えられているとは話していない。そこを、光秀公は直感で結びつけられたのだ。

「こんなことをおもい出した。かのフロイス殿が、日乗と申す法華宗の僧侶と論戦した折、デウスが、はじめにこの世界をお造りになったと言ったところ、日乗は激怒して、この世界はだれが造ったのものではなく、はじめから存在していた、と応戦した。上様は、黙って聞いておられたらしいが、きっと、心中は日乗の意見に加担したかったとおもわれる。そこもとはどう考える」

「とてもむずかしいご質問ですが、上様とお話ししていますと、あの方は来世を信じていないようにおもえます。ですからデウスの存在も信じておられぬようです。したがいまして、殿のご意見でよいとおもいます」

「というと、万物の創造主であるデウス神には始めがあるのなら終末もある、と見てよいのじゃな」

「はは」

「仏法には『末法』があるが、どうやら『終末』とは異なるもののようじゃの。身どもも上様の考えに近い。上様にお仕えしているのはそういう共通点があるからかもしれぬ。そうすると、伴天連の方々は、来世を信じない支配者を頼りとしながら、布教活動をしておることになるな」

この国での布教活動の矛盾を鋭利に突いて来る。

「撞着じゃな」

「はは」

「しかし、政治と宗教とは所詮、そうした関係にあるやもしれんな。コロンブス殿、この光秀の目を見られよ。怒っているのではないぞ。ごく、あたりまえのことを再確認しておるだけじゃ。天下を治める者は、僧侶どもを巧みに利用するのじゃろう。その点、上様は、やはり優れたお方だ。あの方には神も仏もない。あるのは、近い将来、天下を睥睨《へいげい》したいという織田王朝の誕生だけだ」

口の中に苦い汁を覚える。政治のことになると、とんちんかんになる自分がはずかしいが、これはよい課題をもらったとおもったほうがよいだろう。もし織田王朝が完成すれば光秀公や柴田勝家公などの、上様より年長と見える重臣方々の領地の配置換えが起こって、ご三男の信孝公のようなお若い武人の方々に、畿内やその周辺の土地を安堵されるかもしれぬ。自領が遠く信濃や関東に移るかもしれないのだ。光秀公はそこまで読んでおられるのか。そうかもしれぬがそうでないともおもえる。

3

「コロンブス殿、茶を立ててしんぜよう。茶室にうつろうぞ」

「光栄です」

この国で茶のもてなしをうけることの大切さを知っている。

単なる緑色の粉末に湯をそそいで茶筅《ちゃせん》でかきまぜるだけだが、この行為によってもてなす側ともてなされる側との信頼関係が築かれていく。

ゆったりとした足取りで歩く光秀公のあとにつづいた。

やがて、小ぢんまりした部屋にたどりついた。

「ここでござるよ」

「は」

あとにつづいて身をこごめてはいる。

何も趣向をこらしていない。湯飲み茶碗と茶釜の部屋だ。

「上様の茶室はご覧になられたか」

「いいえ」

「絢爛豪華じゃ。儂はそれを好まぬ。茶はさびれた部屋で頂くものでな」

「私もそうおもいます」

「ささ、お坐りなされ」

「はは」

部屋の中は、もう、湯気でじっとりしている。

公はさっそく所作に取り掛かる。優雅な運びだ。

ふと、信長公はなぜ、さそってくれなかったのか。茶よりも理想都市国家の話のほうにこころを奪われたのだろうか。それとも茶室に招くに値しないとおもわれたのか。

あれこれ考えていると、目の前に茶碗がおかれている。

「ごゆるりと」

「は」

何度か経験したとおり、茶碗を取り上げて唇に当てた。この粉末の茶をうまいとおもったことはないが、陶器の茶碗の温かみがなんともいえず掌にじんわりと根をおろす。

「結構なお手前で」

「ありがたく存ずる。伴天連の方でも、わかる方には頷いていていただける」

「気韻がこもっているものには、共通した美がござりまする」

期せずしてしゃれた文句を並べたとおもう。

4

コロンブスの『光秀公謁見録』はここで切れている。このあと頁が飛んで、フロイスと完成した安土城に招かれるところからはじまる。その前に小さなタイトルとして、「安土城竣工と本能寺の変」という一節がある。

安土城竣工と本能寺の変

フロイスと二人で信長公に招待されるのは、このうえなくうれしい。二人の日本滞在も十年近くなる。それに今回は、新しく出来た安土城へ来てくれ、というのだから胸が高鳴る。あれから数年を経ている。すくなくとも進言したことの影響下の城になっているか、この目で確かめられる機会があたえられたわけだ。このことはフロイスには話していない。

それに今日は、光秀公もあとから駆けつけると聞いている。公とも久しぶりだ。茶をいただいて辞去して以来、公の許には訪れていない。どうしてか、はっきり言えないが、たぶん、お目にかかることに後ろめたさを覚えたからだろう。

信長公とはちがった意味で、息抜きの度合いが信長公のほうが楽なのだ。不思議な現象だが、私にとってはそうなのだ。信長公にはまだ野趣を感得できるが、光秀公となると、叡智の塊のようにおもえて気後れがする。

平たく言えば、信長公の方が気楽だ。図面をはさんで、少年のように語り合った公の印象は強烈だ。それに対して、光秀公も一方の雄たり得るのは言うまでもない。だが、敬遠の対象になりがちな人士だろう。それを敏感に察知して、光秀公のところには二度と脚を運ばなかった。

湖の上からもお城はうかがえる。環状ではないがそうとも取れそうな輪郭だ。

フロイスはもう感嘆の声を上げている。もちろん、彼よりも私の方が歓喜につつまれている。西洋にもない、また、これまでの、これからの日本にも見られない、城というより「都市」なのだ。

信長公は、上機嫌で迎えてくださった。

「どうじゃ、コロンブス殿、それにフロイス殿、セミナリヨも一角にそなえた安土の街の出来栄えは」

「見事の一語につきまする」

フロイスの歓ぶ視点と私の歓喜の観点がちがっていることはわかるはずだ。信長公は古今稀に見る都市をお造りになった。理想都市国家の誕生だ。

「余のおもいがやっとかなった」

この言葉を聞いて、なんとうれしかったことか。

一方、フロイスは、その威容に感激した様子だ。

「上様、ヨーロッパにてもこのお城と比肩し得るほどに壮大な城はございません」

「そうであるか。ではそのように、故国宛の手紙に書いてくだされ」

「承知つかまつった。お城の敷地内にもご家来衆の美しい邸宅を置き、それらにはいずれも金がほどこされており、人力を以てしてこれ以上清潔で出色な出来栄えはございません」

「さもあろう。重臣たちの屋敷も用意したからの」

「天主閣もヨーロッパの塔より品格があり、ご立派な別棟の感じがします」

「委曲を尽くしての称讃の言葉、余はうれしくおもうぞ。余もこの城の壁に日の本の名だたる絵師におもうがままに描かせて、そなたたちの目の土産にと考えておる。大切に、故国に伝えてくだされ」

「かしこまりました」

口をぽかんと開けた状態のフロイスに代わってみな、私が即答した。

それから城の中を案内してくださった。廊下、階段、各部屋もみな見事な造りと垢ぬけた装飾だ。

「上様、短期間でよくぞここまでのお城を」

「余は気が短いでな、このくらいの速さがちょうどよい。だが、足掛け三年もかかっておるでな」

「いや、それにしても、これら金銀での装飾に、自然を写し取ったような驚愕の襖絵。宗教じみた絵も見られますな」

フロイスも感服している。

「コロンブス殿。天主閣に太陽をかたどった石をおきましたぞ。これで、余はデウスとはちがった意味で『神』になり申した」

コロンブスは耳を疑った。フロイスも驚いた顔つきをしている。意外なことだ。あのとき、土星と申し上げたはずだが……。

「さて、天主閣へ参《まい》ろうぞ」

信長公は、心持穏やかならぬ私たちのことなど意に介さず階段を上がって行く。私たちは顔を見合わせたままでまだ衝撃を隠せない。

もとはといえば、私が仕掛けたことだ。責任は私にある。しかし、神も仏も信ぜぬ信長公だからこそ安心して吹きこんだつもりだ。功を奏しすぎたか。

「余は、『理想教』の始祖となった。さ、ここが天主閣じゃ。内装の美も堪能されよ。屋根の上の両端には、鯱《しゃちほこ》を置き申した。下りられたら振り返って御覧あれ」

「素晴らしい！　夢のようです。ああ、これは絶景でもありますな」

フロイスが琵琶湖を望みながら感嘆の声をあげている。

私はうなった。そして、

「上様、その石というのは？」

「おお、コロンブス殿。こちらじゃ」

「あっ」

それは球形をしている。見事なわざものだ。

「これは、わが太陽じゃ」

「太陽崇拝となりますな。私は土星をと……」

「そう記憶しているが、コロンブス殿の真意にしたがったまでだが」

すべて見抜かれていた私だが、それはわがキリシタンの教えとはちがう、と訴えようとしたそのときに、フロイスが、

「上様の仰せのとおりでございます」

私を引きとどめた。

「そうした上様にセミナリヨまでも建てていただき感謝いたしております」

「うむ」

私は、球形を太陽（大日）と、あのとき説かなかったろうか。説明した気になっていただ

けだったかもしれない。いまさら悔いても仕方あるまい。だが、天主に比肩し得るが、それと天主閣への〈太陽神（石）〉設置とはおなじ意味ではない。フロイスは日本での布教の盛行をねがっているから、信長公には絶対さからわない。私の立場はすこしちがう。布教も大切だが、私が抱いている宗教へのおもいを誰かに体現してもらいたかったのだ。自分の思念が多少とも、異端に近いことを知っていても。

信長公は理解してくださったにちがいない。根が率直な方だから、それもいいだろうが、布教にあたっては困る。フロイスとて、自分の庇護者を土俗的、日本的な神の信者に仕立て上げてしまった私にこころの底では憤懣やるかたないだろう。

「上様、上様は、太陽ではなく大日ではなかったですか」

おもい切って尋ねてみる。が、問いかける私のほうもなかばわすれている。

「そうじゃ。大日でもある」

「それでは、いくつの神のお顔をお持ちなのですか」

「耶蘇教を除いて、森羅万象の神々と申せばよいかの」

「この自然界全体も、ということでしょうか」

「そうなろうかの」

「上様、ご趣旨はわかりますが、ちと欲張り過ぎです」

戸惑いを隠せない顔つきをして進言した。半分、冗談めかしたふうを装って。

「そうかのう。天下布武をとなえたからには、そうあってしかるべきだとおもうが」

ここで、二人のうちのいずれかが、世俗世界をおさめたといえども、聖界はまたべつの世界であることを説くべきだったが、しなかった。というより恐怖感にかられていたのだ。もし事の真相を打ち明けて首が飛んだり、これまでの布教の努力が台無しになってしまったりすれば、それまでだからだ。

信長公の「天下布武」には自然界も含まれていたのだ。

私が吹聴した「理想都市国家」の延長線上にあるにちがいない。

5

その日、光秀公は結局やってこなかった。信長公は怒っておられた。

「あの者は利に聡く、自分に利がないと見ると、なんだかんだと理由をつけてやって来ぬ。あやつは、伴天連殿たちが苦手とおもえる。急に差し込みに襲われた、と言ってきおったわ」

「私には慎重な方だとおもえますが」

「嫌な相手には慎重にならざるを得まい」

「そうでしょうか」

「フロイス殿はいかがか」

「ミツヒデ様のことですか」

信長公は頷かれた。

「あの方は私を避けておられました。なぜかわかりませぬが」

「であろう。コロンブス殿とは、たまたまうまがあったのじゃ」

「そういうものでしょうか」

信長公の観察眼は鋭い。だから、私たちも怖い。


昼過ぎに茶の茶碗を披露され、その自慢話でことがすんだ。黒塗りの茶碗を一国に値するとほめちぎり、光秀の領国と「交換」してもよい、とまでおっしゃった。

私たちは早々に下城した。

「こまったことになったな、コロンブス。あのお城に顕われている思想は異端だ。仏教は異教ゆえしかたがないが、安土城は、アニミズムの思想らしきものがいりまじり、森羅万象をも支配下において、さらに、天主閣に太陽を持っていって、本末転倒とはこのことぞ。やがて、セミナリヨにまで害がおよばねばよいが。コロンブス、上様がああなってしまったわけを知らないのか」

「存ぜぬ」

自分が蒔いた種だとは口が裂けても言えない。

「『理想教』という言葉を口にされていたから、これはコロンブスのさしがねだと、ピンときたのだが……」

「『理想教』という言葉を出されたが、あくまで言葉の上の問題で、意味を込めてつかったわけではないとおもうが」

「そうか、それならよいが……」

「それより、上様には天下布武からおりてもらわなければなるまい」

唐突な私の発言にフロイスはあっけにとられている。

「何を莫迦なことを言っている」

「とっさにおもったのだが、あながち嘘ではない所存ぞ」

「上様がおられなくなれば、布教は無理というもの」

「いまはそうだ」

「それはどういう意味か」

「上様がもし、本当に天下布武をされたら、伴天連の存在は商人にされてしまうということだ。あの方は自己をすでに神格化しておられる。他に神はいらない。仏もいらない。ご自分だけで充分なのだ。となると、キリシタンもいらない」

「考え過ぎにおもうが……」

「あの方の関心は西洋の学問や技だ。宗教ではない」

これを聞いたとき、フロイスも頷いた。

「そのとおりだ。セミナリヨなどの施設は造ってくださったが、それだけだろう。都の南蛮寺でのミサにもおいでになることはあるまい」

「それはあたりまえだ。ハナから関心がないと仰せじゃからな。だから怖いのだよ」

「どうすればいいのだ?」

「わからん。なにせ、上様に匹敵される方がおられないのだからな」

「ミカドはどうじゃ」

「いやいや、権威だけじゃ」

「コロンブス、何とかせねばならぬな」

フロイスは、私を穴があくほど見つめた。

「要するに、上様の想念がごく普通なものにもどればいいわけだ」

ごく普通か、とフロイスが嘆息した。

私が自責の念にかられていることは言うまでもない。

信長公の「傾き」の下地はすべて私の理想都市国家の吹き込みにある。しかし、これほどまでに効き目があったとは想像もしていなかった。フロイスに明かすわけにもいかず、自分の手で始末をつけなくてはならない。

城をこわすわけにはいかない。破壊するにはもったいなさすぎる。信長公に人間にもどってくださるよう手を打たねばなるまい。どういう話をすればよいのだろう。

「フロイス、なぜ、今日、ミツヒデ様は来られなかったのだろう」

「わからぬが、ひょっとして私がいるからかもしれぬ」

「なぜだ」

「……過日、ミツヒデ公は上様に侮辱をうけたという。それが理由かと」

「どういう侮辱だ」

「よくわからぬが、客のもてなし方についてだ。その客がトクガワ様だったからなお、上様と顔を合わせたくないのだろう」

「そうか、うまくいっていないのだな」

「おそらくそうにちがいない」

これは使える。信長公を討ってもらおう。安土城の天主閣に太陽を模した石があるなどと、フロイスのイエズス会宛の書信に記されては言い逃れは出来まい。フロイスはあまり追究して来なかったが、はっきりと私の吹込みだと察知しているはずだ。

光秀公なら信長公を討ち果たしてくれよう。これからの仕事は光秀公の説得だ。胸中に燃えるものを覚える。あらゆる条件が整わなければならない。

光秀公も戦国武将――天下を取りたいに決まっている。それに、信長公からアシゲにされているという。好機到来ではあるまいか。

善は急げで、坂本城に出向いた。久しぶりだ。これが突飛《とっぴ》な印象をあたえるのはいうまでもない。だが、それがかえってある感化をおよぼすだろう。

「お久しいのう。どうしておられた」

「諸国を布教のためまわっておりました。殿はどうされておられました」

「上様の懐刀《ふところがたな》からの転落じゃ」

「これは異なことを」

「いまは羽柴殿じゃ」

「羽柴殿？」

「そうじゃ」

「私は羽柴殿にお目にかかったことはございませんが、明るい方とお聞きしております」

「明るい、のではなく、せわしないのじゃ」

「それが魅力なのでございましょうか」

「羽柴殿は人なつっこいでの。上様もころりじゃ」

「殿様、このまま羽柴殿に上様の重臣として居座られてはいやでございましょう。私ならば、戦国武将として天下を狙いたく存じます。その際には一気に頂点を攻めまする」

「なんと！　言葉に気をつけなされよ」

それでも公は、身を乗り出して来た。

「上様を亡き者にせよと」

「はい」

「あまりにも不遜な事を申すでない」

「これはご無礼を。フロイスからも聞いていますが、上様は殿にひややかとか」

「……いまも国替えのことで儂はひどく腹を立てている。まだ自分の領国でない土地を、もぎとったと想定してお与えくださった。こんな不条理な話はあるまい」

「はい。これから奪い取るのにですな。それも合戦で」

「そうじゃ」

「それは、人たらしの羽柴殿のお役目でしょう。あの方なら茶碗ひとつで……」

「ま、それは無理だ。羽柴殿は中国攻めに出張っておられる。いま、都の周辺の織田軍団では、儂の兵がいちばん多い」

「まさに好機到来ではありませんか」

「上様は安土から、確か羽柴殿の助太刀のためにもうじき、中国に向かわれるはずじゃ。儂にも出立の要請がまいっておる」

「では、上様の途上のどこかでお狙いになっては？」

「これ、また安易な口をたたく。主人を襲う家臣の心根を考えてみよ。そう簡単には応えは出せぬ」

「はは」

深く頭を下げた。

不埒者と言語道断、斬られるおそれさえある。

「殿、いろいろぶしつけなことを申しましたが、殿には天下人の器量があるのは確かです」

「……うむ。天下、のお」

「殿様は戦国武将でござりまする」

6

「コロンブス殿、なぜ突拍子もなく上様を討つという考えを儂に植えつけようとされるのか？　何ぞあったのか」

応えに窮した。あたりまえの返答をしたらあやしまれる。

「それは、はっきりと私にもわかりませぬ。ふと、安土城を見た瞬間、このような奇抜な方が天下を治めるとどうなるか、とおもったのです」

「それでコロンブス殿はどうおもわれた？」

「私たちに普通の生活をさせてくれないのではないかと」

「なるほど。耶蘇教の将来が危ぶまれるというわけじゃな。それも道理であるの」

「わが宗派の信者は普通を好みます。それを統治する方が、あのようでは」

「でも、討つまでにはおよぶまい」

「しかし……」

「討つ気のある者は家中で儂しかおるまい。それは確かじゃ。上様は人使いが荒いお方。

その矢をいまいちばん儂が浴びている。私怨を晴らすという形で討てるのも儂独りじゃ。そして、いまが最高の時機《とき》。すべてわかっておる。伴天連のお主にほじくり出されたのを恥とせねばとおもうほどに。その慧眼には驚嘆するぞ」

「畏れ入りまする」

「だが、言うは易しじゃ」

「ごもっとも」

「密偵をはなてば、上様の旅程はすぐにわかる。これは問題ない」

公は立ちあがって、往ったり来たりしはじめた。

実行するか。するならいつにするか。

「コロンブス殿、大変な難題を持って来られたものよ。だが、うれしくもあり、荷が重くもある。そなたも言うように、儂は戦国武将で天下がほしい。主君がいても、おかまいなしのところがあってもよい。主君しだいでもある」

「あとは、殿のご決断しだい。私は殿が天下をお取りになったあとの世が見とうございまする」

よくもこんなはったりを言えるものだと、そういう自分に呆れている。

「重臣たちとも相談せねば」

「サイトウトシミツ殿など、いのいちばんに賛成してくださるとおもいますが」

「そうじゃ。利三の場合はそうじゃ。長宗我部との関係もあるしな*」

＊ 長宗我部元親の正室は明智光秀家臣・石谷《いしがい》光政の娘。光政の婿養子が石谷頼辰《よりとき》で、その実弟が光秀の腹心の部下斎藤利三。元親の正室は頼辰の義理の妹。信長は四国全土を長宗我部家の領国として安堵したが、信長方の武田氏掃討が進み、安堵を撤回して、信長派の三好康長が長宗我部を攻撃した。これまで利三との縁戚関係があるゆえに〈四国政策〉を任じて来た光秀は苦境に追い込まれるが、元親が信長の意向にしたがい領土分割を利三を通して織田方に伝えた。光秀と長宗我部の背後には毛利元就、足利義昭がひかえており、結句、信長と義昭との確執が表面化したことになる。信長の三男（神戸《かんべ》）信孝が四国攻撃とした予定日は奇しくも本能寺の変当日だった。

「殿、機は熟してまいっておりまするぞ」

「うむ」

「ご重役のみなさまには、このコロンブスのさしがねだとは言わないでくださいませ。それに殿……」

「何じゃ、まだあるのか」

「風の便りに小耳にはさんだのですが、ご重臣の利三殿とその縁戚にご助勢を願って一気に上様を、という手も……」

「その縁戚とは？」

「申すまでもございませぬ。四国の長宗我部様」

「難儀な伴天連殿よのお。どうしてそこまでいろいろなことを知っておられる。だれからお聞きおよびか。儂をけしかける所存か」

「いいえ。ただ、殿様の心中をこのコロンブスが代わって申しあげたまででございます」

「助勢など、儂の沽券に関わることぞ」

私は平伏して言った。

「土岐一門のご復興を」

殿はここで嘆息され、見上げた私の目には、遠くのほうに視線を向けている殿の姿が映った。

「殿、本日は、この辺で失礼つかまつる。唐突な案件を持ち出して、申し訳ありません。しかし、この国の事をおもうてのことでございます」

「わかっておる。それより、大事をよく打ち明けてくれた。あとは儂が判断する。どうぞおひきとられよ」

「それでは」

そそくさと城を出た。自分なりに役目は果たしたつもりだ。

みずから異教の神に神格化してしまわれた信長公には死んでもらわねばならぬ。いままでこそ悔やまれるが、「大日（如来）」と「太陽神」との別を、委曲を突くして説明しておけばよかった。

異教と承知の上で、地中海文化の太陽中心説を唱えておくべきだった。しかし、この区別をもっと正確に述べるとなると至難のわざだ。*

* 日本の場合はさきに註を打った、「全一者」に関してだが、西欧に目を転ずるとこれは、「一者」を純粋な思念の神とみなすギリシア風で反キリスト教の異教思想とほぼ同義。多少とも図式的になるが、キリスト教では「始め」があって「終わり」がある直線的思考だが、「一者」のほうは、「一者」の分身が流出して、再び「一者」へともどってゆく流出還元の思考で、円（環）を思い描いてくれればよい。

私は少し反省する。そしてノブナガ公みずからの神格化も太陽神崇拝も、キリスト教の教えからみれば異教に片足を突っ込んだ異端でもあるのだ。

キリスト教ですら新旧二つにわれていて、さらにギリシア正教もあり中国に景教もあって、多種多様だ。この日本に太陽神寄りのキリスト教を、即ち、当初から異端的なキリスト教を持ち込んで来てもよかったかもしれない。だが、なにしろ私はイエズス会士なのだから、布教に当たっては正統カトリックの教説を垂れねばならないのだ。

もう光秀公にお目にかかる必要はないだろう。市井にひそんで、その動きを見ていればよい。

あとは、お二人のあいだでどういう火花が散るかを見届けるだけでいい。その後、勝利を治めた方につけば済むことだ。

それから十日後、本能寺の変が起こった（一五八二〔天正十〕年、六月二日未明）。

その数日前、私は光秀公から書簡を受け取っている。私が高山右近殿の高槻城に身を寄せていたのをどうしてご存知だったのかは謎だ。きっとあとをつけられていたにちがいない。懐疑心の強い光秀公なら当然の所業だろう。文字は楷書ではなく私たちには判読しがたい草書体《くずし字》で記されていた。＊でも額に汗してなんとか読み解いた。中身はこうだ。

＊　ここではその意図をくみ取り、かつ読みやすくするために楷書体の漢字と片仮名とで訳を作ることにする。

伴天連殿ノオ話シカラ　イロイロト考エサセラレタ　モチロン上様ト今後ノ儂ノ関ワリ方ニツイテダ　儂ノ本来ノ主人デアル土岐氏モ　内紛デ多クノ末流ニワカレタ　諸国ヲ歩イテ　儂ハ朝倉氏ニ伺候シテ命ヲツナイダ　将軍家ニモ織田家ニモ仕エタ　ソロソロ儂ガ天下ヲ治メルトキガ来タカモシレヌ　伴天連殿ノ教義ニモ一理アルユエ　日ノ本デノ御教説ノ弥栄《いやさか》ヲモ願ッテ　ゴ自身ヲ神トナサレタ上様　ソノコト自体ガ傲岸ニシテ

不遜デアル　伴天連殿の神トハ異ナリ　即チ　デウス神トモ異ナルガユエニ　マタ　平氏ノ流レヲ汲ム上様ニハ申シワケナイガ　土岐源氏ノ復興ヲ期シテ　上様ヲ討トウト決意セリ

短いが内容を考慮すると、キリシタンの教義に外れて自己を神格化した信長公への憤りと、自らの血筋の再興への意気込みが伝わって来る。私たちの宗門への理解をも示しておられる。これは僥倖だ。

そのとき私はたまたま、都の南蛮寺に所用で出向いており、一泊して高槻にもどるつもりでいたので、騒ぎはすぐに伝わった。すべてわかっていたが、早々に本能寺に向かった。何を考えていたかというと、信長公をお助け申しあげることだ。これまでの言動と矛盾するだろうが、個人的な恨みはなく、脳裡にはイタリアへお連れしようという考えがあった。やはり、殺されては惜しい御仁なのだ。

光秀公の兵士たちに見つからないように上様をさがしたが、火が放たれていてとても発見できるものではない。

自刃されては困る。さりとて上様も武士。最期は、お腹をめされるだろう。

本能寺の境内はおもったほど広くない。女、子供が逃げてゆく姿が見える。上様らしい御指図だ。光秀公も彼女たちには目もくれない。上様が外に出られたような気配がしない。明智軍が寺の中を必死になって探している。光秀公の声も聞こえる。

夜が明けて、戦いのあとを他の宣教師にまじって再度見に行った。

跡かたもない。まだ火はくすぶっており、重臣たちが信長の首を見つけるよう、下の者に言いつけている。

見当たらないようだ。ほっとする。

光秀公が、奥の幕のところにでんとかまえて床几に腰掛けている。落ちついているように見えるが、主君の首が見つからないのでそわそわしているのが、手に取るように伝わってくる。

信長公は最期まで信長公だった。

イタリアなどにお連れせずによかった。

逃げおおせられたわけではあるまい。どこかで自刃されたはずだ。ご遺体さがしも一筋縄ではいかないようだ。それでいいのだ。

あとは、安土城の天主閣の処分だ。異端は始末しなくてはならない。

私は坂本まで急ぎ、常楽寺行きの船に乗った。はやくしないと明智勢がやって来る。信長公の家族たちはどうしているであろうか。

急報を聞きつけて城を出、どこかに身を潜ませているだろうか？　それとも、まだ知らないだろうか？　そんなはずはなかろう。おそらく、いま、城はからっぽにちがいない。

人のいないうちに、天主閣に火を放つ。それが遺された責務だ。そしてこの国とイエズス会士による布教活動を救うのだ。

あとは、光秀公の政《まつりごと》をのんびり見ていればよい。

幸い琵琶湖が穏やかで、着いたのがその日の午後だった。

安土城は静かだ。何事も起こっていないような雰囲気でちょっと薄気味悪い。

しかし、任務を果たさなくてはならない。

人の気配が全くしない。

おもい切って中にはいった。誰もいない。天主閣まで一気にかけ上がった。ここから望める最後の琵琶湖だ。澄んでいてどこまでも美しい。

火を熾しはじめる。天主閣の端から炎がたなびき出す。

これでよい。天主閣だけでよいからうまく燃えてくれ！

すばしこく階段をおりる。

一階に着く頃には、もうもうと火の手が上がっていた。

これでこの国も異端的な私も救われる。

上様を誘惑し、光秀公に殺させたことになる——悪なのだ、このオレは。けれどもみな予想外の出来事だ。こう考えるしか、自らを慰める手はない。

天下は平穏になるだろう。

ところが、そうはならなかった。

秀吉公が仇討ちに中国から急遽まいもどって来て光秀軍を破ってしまった。不幸にも、光秀公に助力する大名は少なかった。天下はこんどは秀吉公と他の大名との争いになった。のんびり政などと言っていられない。

火をつけたのはこの私だ。性悪な伴天連だ。日本にもはや居てはいけない気になって来る。

第七章　フィレンツェ

1

コロンブスの『光秀公謁見録』はそこで終了している。急に断ち切られるような終わり方だ。この後のコロンブスの行方は杳《よう》として知れず、どこでその生涯を閉じたのかもわからない。キリスト教徒だから自殺はしないだろうが、俊雄は二冊の『謁見録』を手にして、しばし呆然自失だ。『光秀公謁見録』は『信長公謁見録』とはちがった、日本史でいまだに取りざたされている本能寺の変の動機や原因がかかれている。もちろん、『信長公』のほうも、これも日本史の不思議と言われている安土城築城の思想（宗教）上での経緯が記されている。

二冊それぞれ貴重な文献だ。

こうした本がいままでなぜ日の目を見なかったのか。それは一つには、フロイスのほうが圧倒的に注目されて、コロンブスなど一回か二回しか出て来ない人物に目が行き届かなかったことが挙げられよう。

また一つには、文献が図書館の奥まった書棚にうずもれている状態で置かれていて、さらに冒険家のコロンブスと同名であったこと。まだ他にも原因はあるかもしれないが、だいたいこんなところではないだろうか。


二冊の翻訳に半年近くかかった。むろん大学の勉強もおこたらず、ゼミにも積極的に参加した。

季節はもう年を越して春を迎えている。ふと、朋子のことがおもい出される。春という季節のせいもあろう。

手紙を書いてみた。

すぐに返事がきた。逢いたいからフィレンツェに来てほしいと。

うれしい知らせだ。次の日曜日に行くと返信した。

朋子にははじめて手紙を出した。それだけ翻訳に熱中していたことになる。いまはその熱を誰かに聞いてもらいたい気持ちでいっぱいだ。

イタリアにせっかく来たからには、研究のほかに観光がある。世界でも指折りの観光国だからその方面もたのしみにしていた。朋子という友達も、偶然できた。その朋子がいまフィレンツェにいる。自分の仕事に関心を抱いてくれてもいる。逢いにいかぬわけがない。

待ち合わせ場所は駅だ。

「久しぶり！」

「ほんとだね、どうしているかとおもってたのよ」

多少とも媚びる感じだ。

朋子もさみしかったのだろうか。一回も連絡を取っていなかったからか。責任はこちらにある。

「ごめん、ごめん。手紙、書かなかったっけ」

「いいえ、いちども」

「そうか。じゃ、歩きながら話そう。大聖堂《ドゥオーモ》が見たいよ」

「あら、ちょうどよい距離だわ」

「浮浪者がいるね。ボローニャじゃ見かけなかった」

「ここが観光のメッカだからよ。ぼさっとして歩いていてはだめよ。近づいてきたら蹴っとばせばいいのよ」

「ずいぶん、荒療治だね」

「そうよ、こきたないうえに自活せずに他人の財布をねらうものだから、市当局も頭を痛めているわ」

「そうか。実際に来てみないとわからないものだ」

「ほら、危ない！」

浮浪者の一人が、新聞紙を持って近づいてきてお腹のところにおおいかぶせた。

「俊雄さん、蹴りなさい！」

俊雄は言われるがままにした。浮浪者はひるんで逃げて行った。

「ジプシーたちなの。ああやって新聞に注意をそらせているうちにお金を盗むのよ」

「ジプシーか。なるほどね、びっくりしたよ。世界的観光地の裏面を覗いた気がする」

「イタリアでは珍しくないの」

「うかうかして歩けないな」

「観光客はすぐにわかるみたい」

「おのぼりさんか」

「そうひねくれないの。ひょっとして、ボローニャを一歩も出なかったんじゃないの？」

「そうだよ。大発見をしたんだ」

「えっ？　早く、聞きたいわ」

「それより、ドゥオーモが見たい」

「じきよ。どんな印象を受けるかしらね。ミラノやケルンの大聖堂をおもい浮かべてもダメよ。ルネサンス様式だから」

「はいはい」

やがて道の曲がり角からだんだん見えて来た。

「わあ、かわいらしい。ヴィヴァ・ドゥオーモ（大聖堂万歳）！」

「やめて、はずかしい。それにしても、かわいらしい？　へんてこな感想ね。たいていの人は、威厳がある、と言うわよ」

「ディズニーのアニメのような感じだ」

「そう言われれば、そうかもね。ゴシック的な威圧感はないし、人間的よね」

「ありがとう、朋子さん」

「中にはいってみる？」

「いやあ、こんなに行列が出来ているからまたにするよ」

「じゃ、歩きながら、『大発見』のお話を聞かせて」

「ポンテ・ヴェッキオもわたってみたい」

「わかったわ、行きたいところは連れていってあげるから、早く話を聞きたい」

「話というのは、宣教師と、信長・光秀のことなんだ」

「あら、安土桃山時代のこと？」

「……うん」

「その時代に関心あった？」

「ああ」

「ここがシィニョリーア広場。サン・マルコ修道院長サヴォナローラが焚刑に処されたところよ。あれが、政庁舎。そのまえが『ダヴィデ像』。レプリカだけどね」

「そうか、ここで、サヴォナローラが」

「行ってみましょう、彼が焚刑になった場所の真下にプレートがあるから」

朋子は俊雄の手を引っ張った。

マンホールの蓋のような円形のプレートに似た石の盤に、一四九八年……と刻まれている。

「ほぼ広場の真ん中だね」

「そうね」

「残酷なことだ」

「ええ」

「ところで、朋子さんの家はどこ？　行ってみたいな」

「なに不謹慎なことを言っているの、男子禁制よ」

「おかたいことを」

「指一本さわらせないわ。もうそれはいいから、発見の話を聞かせて！」

「しかし、人通りが多いな。どこかでお茶でも喫もうよ」

「そうね。ゆっくり聞きたいし。バールに行きましょ。飲みものを買ってピッティ宮殿の広場で坐って話を聞くわ」

二人はコーラを買ってポンテ・ヴェッキオをわたり、宮殿の前に出た。

「わあ、広いね。日光浴にもいいね。それにしても、ポンテ・ヴェッキオには幻滅だよ。宝石商が並んでいるだけじゃないか。あれは、みな本物なの？」

「わたしもはいったことないけど、偽物ではないわ。玄関に鍵をかけていたでしょ。客を選んでいる証拠なの」

「なるほどね」

「さ、坐りましょう」

「よし、では、話をするか」

俊雄は図書館の資料のなかで、翻訳した部分をかいつまんで語った。

「それって、日本史の謎解き？」

「ぼくはそんなつもりじゃないよ。そうした資料が見つかったというまぎれもない事実さ」

「誰が、それを信じる、というの？」

「信じるも信じないもないよ。文献として遺っていたんだから」

「いままで、なぜ見つからなかったのかしら」

「フロイスに注目がいきすぎていた、とおもうよ。歴史の闇の部分だね。ぼくも、信じ切っているわけではないんだ。うまく出来すぎているから」

「要するに、カトリック正統派のイエズス会士コロンブスが信長に教示した思想が本人も悟っていたように異端寄りのもので、信長がそれを真に受けて安土城を完成させたわけね。もちろん、信長も自分を『神』とみなしていて、それもあって万物の源である太陽を天主閣に据えた。そこがコロンブスに衝撃を与えたわけね」

「そのとおりだよ。そしてコロンブスは不仲の噂の光秀に信長暗殺をうながしていく」

「正統派カトリックの布教のために」

「そうなんだ。結局、二人の武将がコロンブスの掌の中で踊らされることになる。信長が自身を神格化しなければなんのことはなかったとおもうよ」

「……宗教の問題ね」

「結果としてはね」

「ねぇ、その二つの『謁見録』の翻訳原稿を出版してみたら」

2

「出版社にアテもないしな。第一、だれも信用しないよ」

「世紀の発見、とか何とか言って学会に名乗りを上げるのも手よ」

「それにはよほどの覚悟と勇気がいる！」

「俊雄さんなら出来るわよ」

「翻訳しているときは面白かったけれど、いまになって距離をとって眺めてみると、とんでもない話におもえてくる」

「ならなぜわたしに知らせに来たの？」

「そう言うなよ。やっぱり発見だとおもったからだろうな」

「自分に正直にならなきゃダメよ」

「そりゃ、そのとおりだ。でも、わからない面もあるんだ」

「例えば？」

「コロンブスがいったい日本のどの地方で布教していたか……。高山右近の庇護下に置かれていた、ということはわかっているんだけど、それまでの行動が不明なんだ」

「実証的なことなのね」

「そうなんだ。そうでないと、謁見録の信憑性もうすれてしまう」

「なるほどね。外堀を埋めつくそうってわけね。なら、説得力があるので、学会で発表できるわけね。それにはそれ相応の準備がいるってことね」

「うん、この際、高山右近の足跡をたどっていけばいいような気がする。コロンブスのその後の足取りも見えてくるはずだ。それから論文を書こうとおもってる」

「そうそう、その意気よ」

「ところで、修復士の勉強のほうはうまく行っているの?」

「まあまあ、というところ。日本に帰っても、仕事があるかどうかわからないから、日本での仕事が見つかるまでこっちにいるわ」

朋子の顔はにこやかだ。これで俊雄も察知した。朋子とはイタリアだけの仲だ。そのときすっと夫人のふくよかなからだが脳裡をよぎった。

3

「でもね、俊雄さん、訊いてもいい？」

「何？」

「コロンブスはイエズス会士なのにどうして異端に走ったのかしら」

「それはこの話の根っこの部分だね。難しいよ。本人が生きていたら、尋ねてみたいくらいだ。イエズス会はローマ教会の教えに忠実であることを旨としているからね。あの有名な、トレント［トリエント］公会議（一五四五［天文十四］年から十八年間）を牽引したのもイエズス会だからね」

「プロテスタントの信者はどうしていたの」

「そうだね。プロテスタント側はローマ教会から会議への参加の誘いを受けたのに拒否したんだ。あまり知られてないけどね。公会議は都合三回とびとびで十八年かかって終了したんだけど、ひとつ、大切なことが判明することになる」

「それって……？」

「とても簡単なことでね。キリスト教が旧教と新教の二つに分かれている、ということが民衆にもはっきりとわかったことなんだ。それほど、トレント公会議での決定事項はカトリックをカトリックならしめたんだ」

「なるほどね。コロンブスはそれなのに異端的に」

「なった、というわけだ」

「……当時の異端思想ってそれほど魅力があったわけ」

「そうだな、簡潔に言うと、古典古代の文化の再生、つまり人間性尊重の古代ギリシアの文化が、神を崇《あが》めるキリスト教徒には斬新に映ったんだ」

「ふーん。で、どう新鮮だったの？」

「簡単に言えば、一神教のキリスト教と多神教の古代ギリシア・ローマの世界観の相違だよ」

正座していた朋子が脚を崩しスカートを膝小僧まで延ばした。俊雄はずっと胡坐をかいている。

「ルターの宗教改革なんぞ、いろいろ言われているけど、ルネサンス期で古代のギリシア・ローマの人間性重視・現世肯定の思潮に染まったひとたちから、その思想を浄い落して純一なキリスト教徒にもどそうとした、という解釈がいちばん明快なんだけどね」

「そっか。ヨーロッパには古代ギリシア・ローマの地中海の文化とキリスト教系列の思潮の二つがあるわけね」

「ご明察。コロンブスは『洗浄』されなくてもよかった立場にありながら、地中海の文化独特の『一者』の脈流にはまったと思うんだ。なぜなら、多神教と言えども、『一者』という純粋なる存在から流れ出て、べつの独立した『第二の一者』に分身してゆくわけだ。この独立的な分身が起こりつづけて、また最初の『一者』にもどる」

「『二』という点ではおなじなのね……そして円を描く？」

「そのとおり。『一者』からの流出・還元の思想なんだ。もっと具体的に説明するとね、両親が一体となって子供が生まれるよね。その子は、親の遺伝子を受け継いでいるけど、べつの人格だよね。これとおなじだ。この『子供』たちが次々と親となって『子』を産んでいく」

「わかった。その『子供たち』が円環するのね」

「その『円環』ね、あくまでも推測にすぎないけど、ぼくはこう推測している。農民たちは春がきて、夏がきて、秋がきて、冬がきて、また春がきて……と季節の循環を肌で感じて生きている。その実感が『円環』の発想の源にあったにちがいない。そこへ、後発の、直線的思考のキリスト教がはいって来たんだから、ある種の混乱があった。みながみなキリスト教に容易には改宗できなかったはずだ。特に農民はね」

「そっか、生活の実感というものがあるわけね」

「だから、キリスト教は商人によって都市から都市へと普及していく」

「農民と商人とは異なるものね」

「そう。そしてここでやっぱり『一』が顕われてくる。最終的に『円環という一』に還るわけだ。この意味では一神教と変わらない。コロンブスを異端にいざなった落とし穴はここら辺に入口があるとおもうよ、きっと」

「……日本の『八百万の神』とはちがうの?」

「そう来るとおもった。いいかい、西欧の『一者』の流出・還元は、おなじものがその性質を宿して分身してゆくから、A、A1、A2、A3、……とAであることには変わりがないんだ。それにたいして日本の場合は、A、B、C、D、……とみな異なっている。だから『八百万の神』というわけだよ」

「なーるほど」

朋子が大きく頷いた。

「西欧は『一』から離れられないんだ。ただ、キリスト教のように、始めがあって終わりがある直線的な教えと、円環の思想に二分される。コロンブスが神は円形だと光秀に説いている。円形というのはそれなりの説得力はあるけど、どう言ったらよいものか……」

俊雄は額に指を当てた。朋子は両腕を延ばして深呼吸して俊雄を覗いた。言い切った表情

に見える。朋子は物足りなさを覚えながらも、手で靴の先をつかんで、

「俊雄さんも、大変ね」とふともらした。

「……大変？　そうだな。見方によっては」

「まだまだ、出て来そうね」

「ああ」

「頭のなか、混乱して来るわ」

「混乱というより、混沌だよ」

「カオスね」

「そう。何事もカオスから生まれるわけだよ」

「わかった。今日はこのくらいで許してあげる」

「それからもう一つ大切なことがある。秀吉が一五八七（天正十五）年に、イエズス会の面々が九州の一角を自国の領土にしてしまうのではないかと察してその地を直轄領として宣教師を国外に追放したんだ」

「そんなことがあったの」

「うん。これも推測にしか過ぎないんだけど、土地が狭いバスク地方で育ったロヨラには領土拡充欲がいつのまにか身についてしまっていた。次代のイエズス会士たちにもそれは遺

伝のように受け継がれて行った。各地に布教して学校を建て、教育を行なってその地に根を下ろして行く。知らぬ間に住民に融け込んでゆく。江戸時代になるとね、日本征服の動きが本格化して来てね、それを幕府は危ぶんで、一六四四（正保元）年、ついに「禁教令」を公布して宣教師やその関係者を国外追放に追いやった。イエズス会はカトリックの諸派の中でも最も右寄りで中世の十字軍さながらの攻撃的宗派なんだな。簡単に結論づければイエズス会の究極の狙いは布教地を植民地にすることだった。始祖の代表であるロヨラなんかさる戦役に参戦し片脚に傷を負って短くなった。それなのにエルサレム巡礼に出向いている。イスラームを改宗させようとするんだけど失敗。そこで信仰だけではダメで教育も必要だと痛感して学校にはいって勉学にいそしむってわけ」

「……だから布教先でセミナリヨを建てるのね。まるで教育戦士ね」

「そうだな」

「コロンブスはイタリア人だったわね。スペイン人のロヨラとどうちがうの？」

「難しい質問だな。ルネサンス文化がイタリアではじめて起こったことは知ってるよね」

朋子が頷いた。

「イタリアのほうが開明的な土地柄だったとおもう。世界各地に事実上の植民地を持たずとも、地中海貿易や東方（西方）貿易で経済的に潤っていたから、『〜戦士』なんか生まれることはなく、もっぱら商人が主体だった。それにルネサンス期のイタリアを襲った『イタリア戦争（一四九四〔明応三〕～一五四四〔天文十三〕年）』のせいで、特に北イタリアはアルプス以北の国々の戦場となって荒廃し切ってしまったから、海外への布教などのゆとりはなかったとおもうな。それにくらべたら、イベリア半島のスペインとポルトガルの国内は安定していたかもしれない。スペインは新大陸へ、ポルトガルは東洋に、っていうふうにね」
「なあーるほど。じゃ、コロンブスは稀な存在になるわね」
「そういうことになるかな。良く言えば、〈進取の気質〉にあふれていたわけだ」

実際、十五、十六世紀のイタリア・ルネサンスじたいが異教の精神の再生・復活と言われているので、それまで地下の鉱脈を流れて来ていた人間性重視の姿勢が、カトリック教会の零落で噴出してくる。これにはギリシア語からラテン語、そして俗語への、とりわけ古代ギリシア哲学の翻訳などが大きな影響をおよぼす。そうして知識人は魅了されるが、彼らは「神と人間」との考察をやめはしない。あくまでキリスト教が屋台骨だ。

ここら辺の兼ね合いが難しい。異教の地中海の文化に染まった知識人も画家も、最終的に悔悛してキリスト教にもどっているからだ。単純に、「一」と「多」では解決が出来ない難題なのだ。

コロンブスはここを巧みに泳ぎわたったと言えよう。ある意味で策士であり、またある意味では「思想の匠《たくみ》」だろう。正統と異端を自在に使い分けて生き延びた……。

そこまで来て、俊雄ははっと思った。これまで思いいたらなかったことだ。コロンブスの生没年だ。なんという失態だ。こうした大事を失念しているなんて。本能寺の変を知っているのだから、一五八二（天正十）年を生きている。おそらく一五九七（慶長二）年、六十五歳で死去したフロイスより年少なのは間違いない。明確にする必要がある。

安土城の天主閣に火をかけたあとのコロンブスの行方をつかまなければ――どうやって高山右近と知り合ったか。

イタリア人であることはわかる。コロンブスはラテン語で、そのイタリア語がコロンボ。普通名詞だと「鳩」を意味する。没した場所はどこか。イタリアではない気がする。

第八章　理想都市国家

1

俊雄は帰国後、学会への発表ということを、もう一度考えてみることにする。コロンブスには、『理想都市国家』という画期的な本がある。未読だ。仮にそれを翻訳してみて、べつの角度からなにか新奇なことがわかるものなら、それを基礎資料として発表が可能かもしれない。

朋子にそれを話してみた。

「まだ文献が残っているの。それを是非、読んでみるべきだわ」

「そうおもうかい」

「あたりまえじゃない。準備は完璧にしなくちゃ」

「じゃ、そうしてみるか」

ボローニャに帰ると、翌月曜日、さっそく図書館に出向いた。そして、コロンブス著『理想都市国家』を借りた。

目次を開く。

理想都市国家　本書をアプロイウス・ペンティボリオ公爵閣下に献ずる。
マヌティウス・コロンブス

目次

6　都市の繁栄
7　宗教や教育、それと都市
8　七つの惑星との照応・感応

こいつはむずかしそうだ。異端的なコロンブスは何を書いているのだろう。反面、たのしみでもある。信長や光秀に説いた、彼の原理が書かれているのは間違いないからだ。安土城築城の謎にも肉迫できるだろう。

ただ一つの疑念がわいた。この本も、『信長公謁見録』も、『光秀公謁見録』にも、出版年と刊行元、それに発刊の地が記されていないことだ。そのことがわかりさえすれば、コロンブスの生没年の解明に一歩前進なのだが。ひょっとして天草版か……。

これらは宿題として、ともあれ次の日から翻訳に取りかかることにする。

1　都市の位置——丘（もしくは島）がよい。それも平原に位置する丘で、そこに環状な都市を建てる（「島」についてはコロンブスが信長に語った内容とおなじだ）。

2　都市の大きさ——中くらいの規模でよい。巨大なものはさけること（人間性尊重の古代ギリシア・ローマの文化の影響を受けて、人間の尺度に合わせるといった事例が当てはまるだろう。知の尊重と感化の下、壁に諸学芸の絵を刻む、と述べたコロンブスの説と同様だ)。

3　都市創建の理念――太陽神を祭ることにある(信長が独断で行なった内容と一致する。コロンブスは太陽としたかったところを土星とした)。

4　その理念の意味するところ――イエス・キリストではなく、太陽神に帰依することを意味する(信長が実行した、コロンブスの本音の箇所だ)。

5　都市の役割――衣食住の場であることと人間関係を築くところ(自明だ)。

6　都市の繁栄――商業の発達と微妙に関係する(楽市・楽座政策を想起すればよい)。

7　宗教や教育、それと都市――当初、都市はキリスト教と深く関係していた。都市の中心には、聖堂が建っていて、都市じたいの精神的支柱を意味する。こうした都市はボローニャに代表される(コロンブスがボローニャ出身を裏付ける文言ではあるまいか。信長はセミナリヨの建設を許可している)。

8　七つの惑星との照応・感応――そのためには七重の構造がよい(コロンブスはそのように信長を説き、実際に地階を含めて天主閣まで七重の城が竣工されたはずだ。コロンブスとフロイスは一階から天主閣まで進んだが、城全体が何重で成り立っているかは確認していない)。

これだけだが、八つの項目を解釈して行くと、コロンブスが目指していた理想都市国家が、どのようなものであるかが見えてくる。それは、純粋に幾何学的で合理的なものに基づいて、設計・計画された都市だ。建築家たちが建てた都市。建築家は当時の政治権力にいちばん近い位置にいた。即ち、建築家は少なくとも芸術家であったから、芸術的な都市がその時代の理想都市と見なされた。君主の度量は芸術家の力量に反映されたわけだ。

この時代の考え方の基礎は、神が人間の力と知識の淵源《えんげん》ではなくむしろ目標として存在した点にある。力と知識はもはや天の啓示でもないし神からの加護を求めたものでもない。その起源は人間の理性と歴史にあった。

信長にはコロンブスの理想都市国家の考え方を受け容れられるだけの素地があったのだろう。太陽神を天主閣に据えたことがなによりの証《あかし》だ。そこにコロンブスは已に異端の嫌疑がかかるのでは、と危機感を覚えて光秀をそそのかした。

コロンブスが宗教をどう考えていたのかははっきりしない。

神を円形だとみなしているのだから、「再び結びあうもの」——つまり、*RELIGION*（*RE* + *LEGARE* = 再び結び合う）のことだ。これは納得できる。生と死が結び合っている円——それこそ「宗教」だからだ。しかし、この説は「生死一元論」となって、キリスト教の直線的な理念に反し、あえて挙げれば、頭部が尻尾を噛んで円となっている蛇の図——ウロボロス（尾を呑み込む蛇）をおもい出せばよいだろう。いずれにせよ、むずかしい問題だ。ボローニャも円形の街、神も円形。コロンブスの潜在意識に深くかかわっているにちがいない。
十五、十六世紀にも、十二世紀とおなじく東方の知識が西方に翻訳された。十二世紀には主にアリストテレスの文献がアラビア語からラテン語に翻訳されている。西方の人たちは一所懸命、アラビア語の修得に努めている。十五、十六世紀はふつうイタリア・ルネサンス期と呼ばれていて、今度はプラトン哲学が原典のギリシア語からラテン語に翻訳され、さらに流出・還元の円環の思想を奥義とする新たな哲学もラテン語に訳されている。
始めがあって終わりがある、という終末論を持つキリスト教徒とは相いれない、太陽崇拝を旨とする円環の思念がその時期の西方世界を席巻して思想的混在期を生んだ。多くのキリスト教徒が影響をうけた。コロンブスも、イエズス会士とはいえ、そのうちの一人だったのだろう。

2

ボローニャが円の形をしていることを確かめるには、実際に歩いてみるとよくわかる。

中心街にある聖ペトロニオ大聖堂から、どの道でもいい、外側に向かって歩いて行くと、おもしろいことに気がつく。道が、だんだんよくなっていくことだ。中世の石畳の歩道や車道のでこぼこからやがて舗装道路となって、近代、現代と、道の質が変化しているのだ。見事というしかない。歩いているうちに時代が進んで新しくなって行く。いちばん外側の道路の外はこわれた壁で中世来の市壁だ。外側から中心街にもどれば、時代をさかのぼることになる。

いま、自分が生活している街がこういう具合なのだから、コロンブスの時代はさもありなん。しっかりと潜在意識に組み込まれたことにちがいない。

コロンブスがボローニャ出身だとすれば、彼の発想がその出自を証明していることはあきらかだ。それに東方世界からの新思潮もある。

潜在意識と言えば、それと似て非なるものがコロンブスの言葉の中に存在する。コロンブスが没したとおもわれる後にイタリアのカラブリアで生まれた、トンマーゾ・カンパネッラ（一五六八〔永禄十一〕～一六三九〔寛永十六〕年）に『太陽の都（市）』と呼ばれる作品がある。これがコロンブスが信長に語った、安土城の統治形態とそっくりな形を持つ。

愛と力と知の三つの要素が、形而上学者（太陽）を頂点において国家を治める、というものだ。コロンブスはこれを先取りして信長に語っている。もちろん、信長を太陽に見立てて。

この考えはカンパネッラ独自のもので、これ以後も以前も発見されていないのだが、コロンブスは、平然と書き連ねている。

これも一つの発見だ。

『理想都市国家』がユートピア的小品の先を行っているとは。

見方を変えれば、カンパネッラが『理想都市国家』を読んで、何らかの刺激を得たかもしれない。考えを深めれば深めるほど、推理の糸が絡まり出す。

『理想都市国家』の翻訳を進めているあいだ、キリシタンの文化の授業も並行して受けていた。サルヴァトーレ教授は、日欧のキリシタン文化比較の専門家であって、安土桃山時代に、どれほど日本がキリシタンの文化の影響を受けたかについても詳しい。

そこで俊雄は、コロンブスの書の内容を教授に話してみた。

「トシオ、それは、時機を得た発見でした。うっかり、わたしも見おとしていました」

「当時、理想都市国家は、キリシタンではどう受けとめられていたのでしょうか?」

「彼らにとっての理想都市国家は神の国ですから、コロンブス宣教師が描いた地上の都市とはたいへん異なっています。完全なる異端者ですね、彼は。異端者が宣教師として日本にわたっていたという事実のほうに興味があります。特に、その都市の形状や理念に。日本に遺されているキリシタン文化で、そのようなものはこれまで見つかっていません」

「……先生、ひょっとしたら、安土城がそうなのかもしれませんね」

「トシオ、もしそうでしたら、一大事です」

「でも、実証できません。安土城の本格的な発掘がまだですので」

正人をおもい浮かべていた。

今度、正人と連絡を取ってみて、そこらあたりの実情を訊いてみよう。これから発掘がはじまるのなら、学会での発表も夢ではなくなる。

「トシオ、成果を上げそうですね」

「はい、ありがとうございます」

論文の進捗状態はどうか、と無沙汰をわびながらローマの正人に手紙を書いた。追伸として、ローマのいずれかの古文書館に、イエズス会士の生没年を編んだ古書の有無を問い、もし見つけたら、十六世紀の頁にコロンブスを探し出して、そのコピーか写真を送ってほしいと付記した。

なかなか返事は来なかったが、論文はほぼ出来あがっていてあとは推敲をするだけだ、と返事が来た。安土城のことにも関心があって、奈良の考古学研究所に勤めるよりも他人《ひと》が手をつけていない、安土城にむしろ期待が持てると書いて寄こした。肝腎の追伸に関しては不分明と記されていた。

俊雄は〈翻訳〉の案件を書いて返信した。

3

〈翻訳〉の手紙についての返事は早かった。

おもしろい、というおもいと、眉唾だという懸念もあると書かれてあった。

仮に本当なら、早急に発掘を公的機関に要求すべきであり、国もそれに応えるべきだろう。自分もそうなったら発掘によろこんで参加したい。いんちきな資料に基づいていたのならば、単なる作り話に終始するであろうから、公表するのは避けたほうがよいとおもう、と。

想像していたとおりの回答だ。

結局、自分は手をよごさずに高みの見物としゃれこんでいる。

一緒に世論に訴えかけようという気迫もない。

いずれにせよ読んでみたいからコピーをとって送ってくれまいか、と頼んではきたのでとりあえず送付することにした。

返事はすぐに来た。

拝復　にわかに信じられないが、ありうる話だとおもいます。貴君の翻訳の匠さも手伝ってか、説得力のある内容になっています。結局、本能寺の変、そして高山右近でおわっていますが、それは、それ以上書くにはおよばなかったからでしょう。それはそれで筋がとおっています。

本来の目的は、安土城築城の本意ですから、具体的に図面まで持ち出して書かれているので、つい信じ込んでしまいます。さらに、それがキリスト教の異端からの発想というわけですから、うなずけないこともありません。コロンブスという歴史の陰にうずもれてしまった人物に光を与えた翻訳ですね。

感服しました。

是非、陽のあたるところで論ぜられることを祈念しています。

敬白

一九△×年□月○日

久世正人　拝

水口俊雄　様

ほめてあるが、自分も手伝いましょう、とまでは書いてくれていない。翻訳のうまさなど二の次だ。要旨に好意を抱いて一緒に世に問う算段の相談に乗ってあげたい、とまで書いてほしかったのが正直な気持ちだ。

何度目かのフィレンツェ訪問のとき、『絵で見る世界の城郭展』という展示会が大聖堂近くの小体《こてい》な美術館で催されていた。安土城があるかどうか、半信半疑で朋子とつれだって出かけた。

その前に朋子には、正人の反応を手紙で伝えた。その返書は要約すると——従兄《にい》さんは、こういうときになったらとたんに学者に変身する。慎重に事を運ぼうとするから、面白みに欠ける人になってしまう。わたしなら応援する！ と返事してしまう。情けなくてごめんね、と。

大聖堂の近くの博物館内は空《す》いていた。地域ごとに分類されている。東アジアは中国の城が大多数を占めているが、もちろん日本の名城もある。

安土城もある。十八世紀後半にパリで描かれたもので奈良県天路大学付属天路図書館蔵と記してある。

「朋子さん、これ見て、あったよ。湖が前面にあるね。その背後に小高い丘があって円形の敷地の中に城がそびえている」

「コロンブスの描いているのとそっくりじゃないの?」

「少しちがいはあるけど、原形は留めている」

「やっぱり、本当なのよ」

「城が建っている円形の両側にも円が描かれているけど、これは何だろうか。コロンブスの翻訳からは理解できないな」

「この絵は十八世紀のものよ。もはや伝説化していた安土城だとおもうの。多少の誇張があってとうぜんよ。気にしない、気にしない」

朋子はあっけらかんとしている。そういうところが魅力の一つでもあるのだが、ことこの絵に関しては納得がいかない。まだほかにも論点はある。港がどこにあるかだ。湖に突き出た部分がそうなのかもしれないが、判定はむずかしい。

「成果があったわね。来てよかった」

じつにそのとおりだ。胸の底から鼓舞されるものが沸き立つ。

円形がそのまま表わされている——これには感動した。それと城の建つ円の両側に、重臣たちの屋敷が設けられているような円が一つずつあるとは。

コロンブスの翻訳を基に論文を書いてもいいのではないか。学会におくっても悪くはないのでは。

「俊雄さん、あとは、翻訳の出版よ。それしかないわ。日本中を安土城ブームにしてあげましょう」

「そんなにうまくいくかな」

「大丈夫よ」

「朋子さんは、能天気だな」

「あらっ、もう、勝算がついたんじゃないの」

「まだまだだよ。それにぼくには、あと一年ちょっとイタリアに滞在する義務があるからね。そのあいだに充分考えるよ」

出まかせを口にした。

燃え上がる朋子を鎮静させるためだ。

帰国した際には翻訳が出版されているような形を望んでいる。出版社さがしも怠るつもりはない。密かにやるべき作業だ。もうこの話題を朋子に持ち出す気はない。

「朋子さん、もう、安土城の話はこれまで。あとは、南蛮文化の研究について訊いてよ。安土城のほうは、未遂におわると格好わるいからこれでやめよう。ただし、帰国したらさっそく動くつもりさ。その点はわかってね」

「……そう。俊雄さんがそう言うならそうするわ。あと一年余りも待つのつらいけど」

「そのうち忘れるよ。それより、自分の研究をしっかりやって」

「うん。これがまたうまくいかないんだけどね」

「はっはっは。面白いな」

「なにさ、莫迦にして。見ていなさい。……わたしだって人並みの修復士になる前には帰国なんかしないつもりよ」

「その覚悟、大切にね」

そう言って、あのときとおなじく、伯爵夫人のからだがおもい浮かんだ。今晩あたりやってくるかもしれない。いまではすっかり慣れてしまって俊雄のほうがリードしている。夫人はしなやかに折れ、崩れた。

第九章　発表

1

一年余などすぐに経ってしまった。

帰国のときが近づいている。胸がわくわくする。

帰りは北回りを利用することにする。

日本の新学期に間に合うよう三月に旅立った。大きな思い出が残る二年間だった。コロンブスとの出会いがいちばんだ。三冊の原書はわすれずにコピーをとった。

指導教授の日野先生にまず相談してみるつもりだ。学究肌の人だから、学会での発表をまず念頭においてくれるだろう。マスコミへの公表は控えるようにと言われるかもしれない。

ちなみに正人も論文を提出して、俊雄よりおくれて帰国することになっている。朋子は資格を取るまで残留するとのことだ。

帰国後、さっそく日野主任教授に連絡を取って、会う約束の日を決めた。それまで翻訳原稿をワードで打っておくことにした。休む暇もなく作業がつづいた。

日野教授との面会日まで一週間ある。分量から見て一週間もかからないのは察知がついている。むしろ推敲に力がこもった。

多少、緊張した面持ちで大学におもむいた。

「先生、ただいま、無事帰国しました」

「おかえりなさい」

挨拶もそこそこに例の件を持ち出した。

「ほう、珍しい発見をしたね。サルヴァトーレ教授も面白いといっていたんだね」

「はい。日野先生のお考えをお訊きしたくて、今日は、翻訳原稿を持って来ました」

「相も変わらずせっかちだね。そこに置いて行きなさい。わたしも忙しいからね」

「なるべく早目におねがいします」

二週間後、日野教授を再び訪れてみた。

「お読みくださいましたか?」

「ちゃんと、読みましたよ」

「で、どうでした?」

「これを基に論文を書くのは大変難しいでしょう。むしろ、小説として発表したほうが無難じゃないか、というのが率直な感想です」

「学問的根拠がない、ということですか?」

「そういうわけじゃありません。出来すぎているのです、話が。いまなお、安土城や本能寺の変は謎ですが、この翻訳は常軌を逸している。宣教師が、ここまで絡んでくることなど、おそらくなかったでしょう。キリシタンと信長の関係も近すぎます。それに、光秀がコロンブスの意にまかせて決起するなど、あの慎重な男には考えられぬことです」

「では、先生はこうした文献が埋もれていた、という事実には目をつぶれとおっしゃるのですか?」

「そこです、難儀なのは」

「ぼくはいったい、どうすればいいのですか。教えてください」

「……学会誌には『研究ノート』として発表することは可能でしょう。論文の水準までは無理でしょう。学会での発表は構いませんが、無視されるおそれがあるから、おやめになったほうが無難です」

「結局、実は結びませんか……」

「ですから、小説として、公表されるのがいちばんでしょう。それだと、コロンブスが太陽神に感化される思想的背景も書けるし、信仰問題としてフロイスとの『対決』も入れられるでしょう」

「そうですね。その二点は欠落していますね。だから小説で、と？　それなら翻訳のほうがまだましです。失礼ながら先生はやはり学者ですね。こうした奇妙奇天烈なものには手を出さない。もっと、学問として形が整っていないと推してくださらない」

「悲しいかな、君の言葉どおりです」

「じゃあ、先生、一つだけいいですか？　一気にお読みになったのですか」

「そりゃあ、夢中になって読みました。本当ならとおもいを馳せながら」

「ありがとうございます。その醍醐味が真実につながらなかった、というわけですね」

「……歴史的真実に、ですがね」

「先生、いったいどうすればいいでしょう？」

「その応えはきわめて明白です。コロンブスの生没年と地名、それに安土城の天主閣を焼き払ったあとの行動を追うことです」

「やっぱり……。ぼくもそう考えていました」

「なら、最終段階に来ていますね。きちんと仕上げてください。そうすれば立派な論文になりますよ」

「わかりました。やってみます……もう一ついいですか？」

「何でしょう」

「ぼくがボローニャで手にした本は、天草版ではないかと……」

すると日野教授の眼光がにわかに鋭くなった。

「あり得ますね。うん、ありうる。これは面白くなってきました。頑張ってください。……いいや、それは無理でしょう。天草版はキリシタン版の一つでイエズス会士のバリニャーノがはじめた、日本人向けの教理書です。だから、異端思想を排除した内容になっているはずです。早とちりでした」

「……フランス綴じ本でしたし……」

教授にも俊雄の、一風変わった論文が学会誌に載ることに懸念があるのは決まっている。せめて自分の顔が立つような論文であってほしい、というのが本音だろう。教授の立場を考えてみても、きちんとした内容にしなくてはなるまい。

俊雄はボローニャの、いや、ローマのイエズス会の本部に手紙を書いて、コロンブスという人物の活動記録が遺っていれば、写真に撮ってフィルムを送ってもらおうと考えた。古い文書は紙の質が落ちていて、書物じたいも一冊の本のかたちを取っていないことが多いので、コピーは無理な状態にある。だからはじめから写真といって申し込む。ネガを送ってくるので、こちらで現像密着をして解読してゆく。印刷所やカメラ店に依頼すると綺麗な冊子にもしてくれる。

手紙の相手がイタリア人になるから三か月は見ておく必要がある。料金を先に指定してくることもあるのでしたがうしかない。

三か月は長いようで短い。

待っているあいだ、わかっていることだけでも論文の序章としてまとめ、翻訳をもういちど吟味、推敲する。都合三種類の翻訳だが、みな、本邦初訳だから念には念を入れた。帰国してからの久々の研究生活だ。書斎といっても六畳一間の貧乏暮らしで、イタリアでの賄いつきのほうがどれだけよかったことか。

朋子からの連絡はない。フィレンツェにはたびたび出向いたが、ボローニャには誘っても来なかった。これが回答だろう。おそらくイタリア人を恋人に持っている？　それが事実なら、勝ち目はない。女性を讃美するのがお国柄なのかどうか知らないが、日本の女性はほめられることになれていないから、すぐに誘惑される。そこに日本人の男の出番はないのだ。

2

新緑が美しい時節だ。大文字のかたちが、下宿に近い今出川通りに架かる加茂大橋からくっきりと望める。その橋の少し先で鴨川が、右手に高野川、左方向に加茂川へと分かれる。二つ川の中州のような土地に下賀茂神社があって、歩いて二十分くらいだ。

俊雄は下宿のあるこの地を気に入っている。鴨川は中流域で穏やかな流れだ。それに引き換えフィレンツェを貫流するアルノ川は土色で流れが速い。よく比較されて日本人学者はアルノ川の凄さに軍配を上げるが、その凄さの中身は述べない。俊雄は鴨川のほうが凄いというより清澄な印象を得た。加茂大橋に立って風に吹かれているとこころがやすまるのだ。

写真のネガはやはり三か月後に届いた。早いほうだ。さっそく印刷所で表紙をもつけて読めるようにしてもらう。胸がおどる。

一週間後に受け取りに出向き二千円を支払う。

帰路、開き開きしながら、下宿への歩みを進めていく。俊雄はコロンブスのその後についておおかたの予想はついていた。それが確実なものかどうか、その確認のために取り寄せたつもりだ。

信長の死後、天下を治めるのは秀吉だ。彼はキリシタンにあまり鷹揚な人物ではなかった。秀吉、江戸幕府の初期と、キリシタンにとって生きにくい時代であり、コロンブスがどう生き抜いたかを予想するのはそれほど難しいことではない。彼はおそらく、俊雄が狙いをつけた大名の庇護下にあったはずだ。二人をつなぐ糸は築城に長けている点だ。コロンブスは言うまでもない。それではこの万能宣教師に見合う大名とは？　下宿までの歩が速まる。きっとあの武将だ。

机の上にきちんと装丁されている印刷物を載せて一頁目から目を通していく。

どの頁もイエズス会士の、日本版過去帳みたいなものだ。一頁ずつ丁寧にめくっていく。

そして三分の二ほどに来たとき、俊雄の目が釘づけになった。


イエズス会・イタリア本部（ボローニャ支部所属）マヌティウス・コロンブスについて。

異端思想に傾いたこのイタリア人宣教師は、その異端性ゆえに西欧から追放され、リスボンからインドに送られた。インドのゴアまでと、日本にわたったあとの足跡を、ここに明確に記すことにする。生年――一五五二年、於ボローニャ。没年――一六一五年、於マニラ。

あった！　出かしたぞ。俊雄はにわかに未来が開けて、全文を読む前からすべての推測が正鵠を射ていると上気しながらおもった。あとは読んで翻訳してゆくだけだ。見開きの左右の頁の活字が訳してくれ、と踊って呼んでいるように見える。但し、前書き以降がイタリア語ではなくてラテン語だ。イエズス会が発行元だからとうぜんと言えばとうぜんだ。ラテン語はそれほど得意な言語ではないが、一応、読めることは読める。伊羅・羅伊辞典を用いての格闘がはじまるだろう。

俊雄の中である程度の見通しがつく。コロンブスには安土城築城のために設計図を書く築城（建築）の分野に才能があったこと。「類は友を呼ぶ」という諺に間違いがないのなら、コロンブスが頼る人物、コロンブスを知ってその建築の才を買った武将の名はしぜんと挙がってくる。

記録のラテン語は一種の事務報告書なので飾り立てた文章ではなく、おもったより読みやすい。先述の前書きのつづきだ。天主閣に火を放ったところまではこれまでのコロンブスの記録とおなじなのでその次から卑見もまじえつつ、内容をまとめることにする（もちろん年代は西暦でしか記されていないが、元号も補筆しておく）。

3

コロンブスが高山右近の噂を耳にしたのは本能寺の変より前だ。荒木村重が信長に反旗を翻したとき村重側に加担した大名として右近のことを知った。無謀な反乱だとわが会士は判断したが、つきしたがった右近なる人物が父親の代からのキリスト教信者だとは初耳だった。洗礼名を、ジュストという。また、生年が自分とおなじの一五五二（天文二十一）年だったことも偶然の一致ではなかろう。コロンブスはそれをよすがとして右近に近づき親交を結んだ。

＊ ポルトガル語で「正義・公正の意味」

ジュスト・ウコンはキリシタン大名として著名であった。その武将が、キリシタンに好意的な信長公に逆らったのは、キリシタンのためにならないのはしごくとうぜんだ。それに気づいた宣教師オルガンティーノはジュストを説得し、信長公に取りなしてジュストは無事、反逆者とはならず、摂津の国高槻城主を安堵された。

＊ 一五三二（天文二）～一六〇九（慶長十四）年。イタリア人のイエズス会宣教師。フロイスを助けるために京都に派遣され、フロイスが九州に去ったあとの、近畿圏の実質的地区責任者。コロ

ンブスも一時期、そのもとで宣教を手伝っている。

このジュスト、信長公の死後、秀吉公の配下となるが、秀吉公による伴天連追放令（一五八七〔天正十五〕年）によって、はじめは小西行長公、次に加賀の前田利家公の庇護下にて暮らす。その金沢でジュストはコロンブスと再会を果たす。

コロンブスはジュストが村重側に加勢するや、過日の信長公からの恩を裏切ることは出来ず、ジュストのもとを離れて秀吉公に近い前田利家公の保護下にはいる。そのきっかけは、オルガンティーノの紹介による。オルガンティーノは古参の宣教師で近畿圏の実情に詳しく、したがって信長公配下の武将の得手不得手にも通じている。コロンブスはその建築の才を認められて利家公へと推挙される。当時、利家公は金沢城の増築中で相談相手を求めていた。

コロンブスが再会したジュストも城塞建築に一家言持っていて、増築工事に尽力していた。ここに二人は意気投合して城の増築作業に専心する。

利家公は秀吉公亡きあと、豊臣側の重鎮として徳川家康公と対峙するが、一五九九（慶長四）年に病没する。嫡男の利長公は家康公側に立って、関ヶ原の合戦で奮戦する。ジュスト公もそれにしたがった。しかし、豊臣政権が倒れる前年の一六一四（慶長十九）年に、江戸幕府による「禁教令」のせいで、呂宋《ルソン》のマニラに追放される。そのときコロンブスもつきしたがう。ジュストは歓迎を受けるが、出国や船旅などに伴う過労で、翌年昇天。盛大な葬儀が行われる。

その三日後、コロンブスはキリシタンの掟を破って殉死〈服毒自殺〉。以後、異端者の烙印を押される。〈殉教〉はむろん望めないが、〈殉死〉と記されているだけでもコロンブスにとっては名誉なことだ。

遺言めいたものはいっさい発見されていないが、毒をあおぐ前に横笛を吹いており、その音色のつややかさを覚えていた者がいた。マニラの教会は当惑し、コロンブスの〈死骸〉を水葬にふす——「その生涯の多くを船旅にて過ごし、異端者ながらその信念を貫いた、日本国でしか生きられなかったイエズス会士」と刺繍された布におおわれて、大洋に向けて葬られた。


以上である。〈死骸〉であって〈遺体〉でないのには、イエズス会の異端者への手厳しい処遇がうかがえる。

ここで俊雄は自死の際、コロンブスが服した〈毒〈薬〉〉におもいを馳せた。青酸カリのようなものがあったかどうかわからない。無難なところでトリカブトか？　苦しんで死んでいったのかどうか。服毒よりも鋭利な刃物で咽喉を突いたほうが楽に死ねたのではないか……。そしてふと、彼が異端者で正統派との間で揺れ動いたことをおもい出した、そのとき、あたかも天から降りて来た霊感さながらに、毒の正体がくっきりと焙り出された——それは〈宗教〉だ。コロンブスにとっての毒とは、異端正統と振り回された宗教を措いて他にない。むろん宗教では死ねない。だが彼は、宗教という毒、宗教の中に毒を見出した末に命を絶ったのではないか。

第十章　反響

1

学会での発表、学会誌への投稿の準備はあらかた出来あがった。

しかしまだ調査し切れていない面があってこころ残りだ。存命中、ジュストとコロンブスが宗旨について何らかの話し合いをしたかどうかは記録にはない。熱心なキリシタン大名で人徳もあったジュストはコロンブスの裡に潜む異端臭を嗅ぎ取っていたかもしれない。それに気づいたコロンブスはひたすら隠そうと努めた。その健気さに勘づいたジュストはコロンブスを責め立てはしなかったにちがいない。コロンブスが教義を破ってまで後追い自殺を遂げたのだから二人を固く結びつけるものがあったはずだ。

その場合考えるべきことは、コロンブスの異端的思考に勘づいたジュスト・ウコンがそれをどのように受け止めたかにある。資料がないので不明だが、推測するにコロンブスには正統と異端との、ジュストにはそれを看過してよいのかどうかという葛藤があったはずだ。その内訌の割合が奇しくも同程度であって、それゆえに双方の友情に破綻など訪れなかった……？　右近は日本人であり、コロンブスはイタリア人だ。所詮、という言葉が妥当かどうかは研究者である身の者は避けなくてはならないし、推察も推論の域にまで達していないと、論文に書き込むことは許されない。この部分、空白とならざるを得ない。金沢市の図書館にひょっとしたら資料が眠っているかもしれない。またマニラの古文書館にも……。

図書館や古文書館で調べる前に、これまでの考察とそれを支えてくれた翻訳をそろえて、「研究ノート」という形で日本史実学会誌に投稿し、採用が決まった。

それを、もう帰国している正人に知らせた。

「快挙だ。抜き刷りを送ってほしい」

断る理由がない。

「反響があればいいが」

付記してある。

「そうおもってくれるだけでうれしいです」

「考古学会か城塞史学会あたりがいいけどな。オレは両方に属しているけど、まだ力不足だ」

反応は、学会誌刊行の二週間後に考古学会から来た。

「このような、驚異的な建てられ方をした安土城は本格的に発掘調査されるべきであり、当局はそのためのチームの結成をいそぐべきだ」という趣旨のものだ。

発起人が列挙されていて、正人の名前も末尾にある。

地元の滋賀県がこれに対して大変好意的な対応をした。

安土城は戦前から発掘の計画が立てられつつもいつも挫折していたから、この機運に乗って是非発掘を実施したい、という概要の文言が公表された。

チームが組まれ、予算がつくのに時間はかからなかった。

正人もチームの一員でときたま発掘の状況が伝えられてくる。

それによると、コロンブスの説はあながち間違ってはいないという。いびつだが東西南北に門があり、なんらかの目的をもった道が天主めざして延びている。

正人の報告の中でなによりも俊雄をよろこばせたのは、六重に見えていたが地下にもう一重あって、全部で七重の城であることだ。地下は見事な石垣でつくられているらしい。穴太《あのう》衆の成果だ。

七惑星——七重の理念を信長はきちんと、コロンブスから受け継いだことになる。むろん、その意義は知らずとも、なんのためらいもなく信長はコロンブスの説を受け容れている。新たな信長像と見なしてもよい。進取の気質のある人間像が浮かんで来る。気に入った人物が説くことだからそうかもしれないけれども、少年のような面が見られる。

円形については、山全体を大きな一つの円（球）ととらえて他の建物を配しているという。これもうれしい知らせだ。

発掘がはじまって二年後、中間発表がなされた。

新聞は、「驚くべき城」と題して第一面に掲載した。大手門からまっすぐに延びる大手道の素晴らしさと珍しさ、天主のとなりにある、本丸の謎、七曲道や百々橋口道の存在を掲げている。そして、俊雄への取材記事をそえている。

現地に行ってみないとわからないが、信長の意図がコロンブスの意向を継いだものだということはほぼ間違いないと応えておいた。

残りの作業はこの目で安土城を検分すること、それに金沢市とマニラでの調査だ。

2

いちどマスコミに名前が出たらこの方面の依頼はすべて俊雄に来た。

ありがたいことだ。全く関係ない事柄でも、日本史の謎とか西洋の神秘思想の類とかは、俊雄の出番だ。そのため勉強せざるを得なくなって幅広い知識を身につけることが出来た。

最終発表が行われるときがいよいよ近づいて来た。

それは幸いなことに俊雄の翻訳をほぼ踏襲している。かといって信長の真意まではわかり得ない。寺も建てられていたのだから。城にはさまざまな宗教を代表したとおもえる襖絵が描かれていた痕跡があるらしい。

コロンブスの指示は襖絵ではなく回廊に種々な学知の絵を描くことだった。この点に食いちがいがある。

あとは正人からの連絡を待って一般公開がはじまるのを待つだけだ。

時間がかかるだろう。

翻訳を読んだ人からさまざまな質問が来る。大方が西洋の神秘思想に関してだ。

いちばん多いのは、「太陽崇拝思想」についてだ。翻訳の中ではキリスト教系の神ではなく、古代ギリシア・ローマ系列の神々が頻出しており、太陽崇拝が中軸となっている。ルネサンス期にそれらの古典の文書がギリシア語からラテン語に翻訳されて蘇った。キリスト教より人気を博すほど西欧の人たちには新鮮に映った。キリスト教の宣教師でも、この思想の影響を受けない者はいなかったと言えば嘘になろう――それは真実かという問いがほとんどだ。

コロンブスがその代表例だ、と立場上回答している。

二番目が「多神教」で、これは自然界のあらゆる事物に霊魂の存在を認める考え方だ、と応えた。さらに詳しく、コロンブスは当然、この思想を身につけていたはずだが、太陽の模型が天主閣におかれていたことに、正直おどろいている。「太陽神」を信ずる者は、「多神教」をも信奉するものだが、コロンブスはこの点はイエズス会の教えにそむいていた。信長を討つ直截の原因が正統派による布教の遵守にあって、異端征伐や信長公みずからの神格化の危険度を光秀に説いたし、光秀もそれに気づいた、とも。

だからジュスト・ウコンと肝胆相照らす仲となったのは僥倖だったろう。コロンブスの異端的な思考がジュスト・ウコンの正統な姿勢によって薄められ、ちょうどよい信仰になったのではないか。この志操の強さにコロンブスは深い影響を受けたとおもう。

エピローグ

正人によると発掘現場は安土駅から遠く、観光用の一般道の建設もはじまっていないらしい。滋賀県がここを観光地にするのは目に見えているが、工事はまだ着手されていない。安土駅からレンタサイクルで向かうのが便利だけれども、道の整備も出来ていないありさまだ。事の発端は俊雄の翻訳にあるのだから、俊雄はさっそく正人に手紙を書いた。受け容れてくれることに望みをたくしながら。

返事はすぐに来た。

「俊雄君の気持ちもわかるが、貴重な発表をしたとはいえ、現場は危険きわまりない状況だ。まことに申し訳ないがもうすこし待ってほしい」と書いてあった。

「研究ノート」の発表から数か月して、俊雄はテレビ局から何度目かの出演を求められた。どうだ？　というのだ。

きっぱり言った。

「いまだ、現場を見せてもらっていないから何とも言えませんが、ほぼ、ぼくの説は裏づけられたとおもいます」

「まだご覧になっていない、と?」

「そうです。案内状一つ来ません。ここはおたくのお力で、相応の番組を作っていただきたいくらいです」

「わたしどもはてっきり」

「いいえ。こちらからお願いします」

その局はスペシャル番組「安土城プロジェクト」を立ち上げた。最新の画像処理をつかった見事な番組にするらしい。もちろん、俊雄も撮影には参加させてもらう約束をする。だが、正人が書き送って来たように現場はまだまだ整備が必要だ。

天主閣は焼けてもうないが、かなり広い土地を当てていたことがわかった。地上階から天主閣まで、吹き抜け構造になっていることも明らかになった。コロンブスはここまで委曲を尽くして説明していたのか。西洋の聖堂や教会には柱がなく空間のドームで出来ている、と内緒に信長に語ったかどうか。

信長がこれにしたがったのか。

コロンブスが天主閣で太陽神を見つけたと書いていたことをおもい出す。ここで信長の宗教観だが、天主閣をつくり、キリスト教を除いたすべての宗教を取り入れた施設を造ってしまった。

保護していた宣教師から無神論者と信長は見なされている。

弾圧された仏教徒からは、抑圧者とおもわれただろう。そのとおり本願寺派は、浄土真宗の中でも攻撃を受けた。だが高田派は被害を被《こうむ》っていない。信長は宗教を、意外と真剣に考えていたのかもしれない。新しい時代をどう治めるかというときに、宗教がいかに大切かを考慮に入れていたのではないか。これは『君主論』で有名なマキァヴェリの宗教観に似ている。

マキァヴェリは宗教を政治（統治）の方便としたが、実際の治世では法律よりも宗教の力を優先する立場を取った。

テレビの番組でやっとおもむく機会を得た。

田園の中をロケ班の小型バスが爽快に走る。春風が快適だ。

やがて大手門が見えて来る。

とうとう着いた。道がでこぼこだ。正人の注意していたことがわかった。

登りはじめる。

〈伝・前田利家の屋敷跡〉のところで、俊雄は顎を出す始末だ。

「しっかり。四分の一も来ていませんよ」と番組スタッフの掛け声。

「なめらかでないし、一個一個の石が大きいし」

「そうですね、本当に。たいへんな工事だったでしょうね」

「先に行ってください。ぼくはマイ・ペースで」

「そう言わずに、一緒に登りましょう」

「はい。ありがとうございます」

「さ、しっかり！」

こうしてロケ班は、大手道をなんとかあるいて天主閣跡へと向かった。

俊雄は、つぎの段階の、金沢市とマニラでの調査についておもいをめぐらしながら、歩を重ねた。


〈了〉

追記　二〇一九年六月現在、安土城は大手道など整備されていて気軽に登って行くことが出来るが、結構の脚力が要る。それだけ堅固に造られた城（都市）なのだ。麓《ふもと》には展示館やレストラン、それにセミナリヨなどがある。駐車場も広くて、観光シーズンには賑わうことだろう。展示されているいずれの品にも好奇心が掻き立てられるが、建築分野、装飾領域のものが多数を占め、安土城普請の内的動機を教示してくれるものは見つけにくい。岐阜城のあとに信長が狙いをつけた土地であることは、水運その他をはじめとして理解できるが、みずからを神格化した人物の本意はつかみ兼ねる。悠久の時を経てこの謎に満ちた城の解明はようやくはじまったばかりだ。

参考文献

安土城ブックレット『安土城と城下町』近江八幡市編集・発行
大沼芳幸『信長が見た近江――「信長公記」を歩く』サンライズ出版
改訂『信長公記』新人物往来社
木戸雅寿『よみがえる安土城』歴史文化ヒストリー一六七、吉川弘文館
米井力也『キリシタンと翻訳――異文化接触の十字路』平凡社
澤井繁男『魔術と錬金術』ちくま学芸文庫
清水紘一『織豊政権とキリシタン』岩田書店
ジョルジュ・プーレ（岡　三郎訳）『円環の変貌』（上）、国文社
高木洋『宣教師の見た信長の戦国』風媒社
中嶋和郎『ルネサンスと理想都市』講談社選書メチエ
藤田達生『本能寺の変』講談社学術文庫
フロイス（松田毅一・川崎桃太共訳）『フロイス・日本史』全冊、中央公論新社
堀　新（編）『信長公記を読む』吉川弘文館
三俣俊二『信長とセミナリヨ』東　呉竹堂

あとがき

書き終えて——今年（二〇一九年）の初め、私は友人から、垣根涼介氏著『光秀の定理』（角川書店、二〇一三年）、『信長の原理』（角川書店、二〇一八年）の二冊の読書を薦められ、確率論を下敷きにした両書に魅了された。その友人は数学者であったので、きわめてたのしい読書体験をしたにちがいない。私もそうであったが、いまひとつこの読書で、かつて私にも織豊時代・安土桃山時代を扱った作品があったことを思い出すにいたった。その作品が本作で、「安土城築城異聞」の表題で、『中外日報』（宗教問題を扱う全国区の業界紙・京都市）に、二〇一三年四月二日から二〇一四年三月二十五日まで、週に三回ずつの割合で連載していたのだった。垣根氏の二冊の本がきっかけとなって、今作を「再発見」し、大幅な修正をほどこして、新稿となって蘇った。自作について忘れるということなどない私だが、これを機に自分の学術的分野の復習をする機会にもめぐまれ、有意義な改稿だったことを記しておく。

なお拙作推敲に当たって、要路のお立場でご多端な関西大学文学部前同僚の原田正俊教授（日本史学）に、直接・間接的にも種々ご教示いただいた。厚く御礼申しあげる。拙作はフィクションであるが、年代などに誤りがあればすべて筆者の責任である。
最後に本作も未知谷編集部の飯島 徹氏と、編集実務を担当してくださった伊藤伸恵氏にお世話になった。ここに記して感謝の言葉としたい。

二〇一九（令和元）年　小暑

北摂にて　澤井繁男

さわい しげお

1954年、札幌市生まれ。道立札幌南高校から東京外国語大学を経て、京都大学大学院博士課程修了。小説「雪道」にて第2回（200号記念）『北方文藝賞』と、第18回『北海道新聞文学賞・佳作』を同時受賞。2019年3月末日を以て関西大学文学部教授を定年退職し、著述生活を事とする。専門はイタリアルネサンス文学・文化論。博士（学術）。小説に『復帰の日』（作品社）、『若きマキァヴェリ』（東京新聞社）、『旅道』（編集工房ノア・「雪道」所収）、『鮮血』『一者の賦』『外務官僚マキァヴェリ』『八木浩介は未来形』『三つの街の七つの物語』（未知谷）、『鬼面・刺繡』『絵』（鳥影社）他。文芸批評に『生の系譜』『「鳥の北斗七星」考』（未知谷）。エッセイに『京都の時間。京都の歩きかた。』（淡交社）、『腎臓放浪記』（平凡社）他。イタリア関連書に『ルネサンスの知と魔術』（山川出版社）、『ルネサンス』（岩波書店）、『マキアヴェリ、イタリアを憂う』（講談社）、『ルネサンス再入門』（平凡社）、『自然魔術師たちの饗宴』（春秋社）他。翻訳にガレン『ルネサンス文化史』（平凡社）、カンパネッラ『ガリレオの弁明』（工作舎・筑摩書房）、バウズマ『ルネサンスの秋』（みすず書房）他。

安土《あづち》城《じょう》築《ちく》城《じょう》異《い》聞《ぶん》

二〇一九年九月三十日印刷
二〇一九年十月十五日発行

著者 澤井繁男
発行者 飯島徹
発行所 未知谷
東京都千代田区神田猿楽町二-五-九 〒一〇一-〇〇六四
Tel.03-5281-3751／Fax.03-5281-3752
［振替］00130-4-653627
組版 柏木薫
印刷 ディグ
製本 難波製本

Publisher Michitani Co. Ltd., Tokyo
ISBN978-4-89642-591-8 C0093